超《スーパー》伝奇小説
マン・サーチャー・シリーズ⑭

菊《きく》地《ち》秀《ひで》行《ゆき》

魔《ま》界《かい》都《と》市《し》ブルース 霧《む》幻《げん》の章

NON NOVEL

祥伝社

CONTENTS

カバー&本文イラスト／末弥 純
装幀／かとう みつひこ

一九八X年九月十三日金曜日、午前三時ちょうど——。マグニチュード八・五を超《こ》す直下型の巨大地震が新宿区を襲った。死者の数、四万五〇〇〇。街は瓦礫《がれき》と化し、新宿は壊滅《かいめつ》。そして、区の外縁には幅二〇〇メートル、深さ五十数キロに達する奇怪な〈亀裂〉が生じた。新宿区以外には微震さえ感じさせなかったこの地震は、後に〈魔震《デビル・クエイク》〉と名付けられる。

以後、〈亀裂〉によって〈区外〉と隔絶《かくぜつ》された〈新宿〉は急速な復興を遂《と》げるが、その街を産み出したものが〈魔震〉ならば、産み落とされた〈新宿〉はかつての新宿であるはずがなかった。早稲田《わせだ》、西新宿、四谷《よつや》、その三カ所だけに設《もう》けられたゲートからしか出入りが許されぬ悪鬼妖物がひしめく魔境——人は、それを〈魔界都市〝新宿〟〉と呼ぶ。

そして、この街は、哀しみを背負って訪れる者たちと、彼らを捜《さが》し求める人々との物語を紡《つむ》ぎつづけていく。あらゆるものを切断する不可視の糸を手に、魔性《ましょう》の闇を行く美しき人捜し屋《マン・サーチャー》——秋《あき》せつらを語り手に。

霧ふかき街

1

「霧のせいだと思います」

　娘はこう言った。はっきりした声と口調であった。今の時季には似合わない。合っているのは、彼女と一緒に〈秋《あき》人捜し《DSM》センター〉に流れ込んで来た霧だった。

　理由も言わず、伝言も残さず、部屋から消えてしまったという。

　事件性はなく失踪《しっそう》する場合、何の痕跡《こんせき》も残さず消えるのは、男が多いという。女は最低、手紙かメモかメールにこう残す。

　捜《さが》さないでください
と。

　男はそれもない。残した者が自分のために何をどうしようと、一片《いっぺん》の関心もないのだ。そこに生じる怒りも憎しみも喜びも悲しみも、やがて朽《く》ちていく。それが望みなのかもしれない。

「AI（人工知能）の開発」

　とせつらは言った。

　男――神台省吾《じんだいしょうご》・二十七歳の仕事ぶりは、外資系大手の『マーベリック電子』でも高い評価を得ており、この若さで開発部長のポストを任《まか》されることになった。八日前である。七日前にいなくなった。

　娘――宇《う》礼《れい》加《か》奈《な》江《え》によると、仕事や人間関係で悩んでいるふうは一切《いっさい》なく、大抜擢《ばってき》も素直に喜び、内示された日には、友人も呼んでパーティまで開いたという。

　翌日、消えた。定刻に家を出て、三時間後、上司から休みかねと電話がかかって来た。心あたりを捜し、丸一日待ってから警察へ届けた。そのときは行き先も理由もわかっていたという。

「ここには〈霧の時〉がありますから」

「そうですね」

　とせつらは応じた。ドアはすぐ閉めたのに、六畳間の霧はさらに深くたち込めているようだ。じきに、加奈江もせつらも影のように滲《にじ》むだろう。

「学生時代から、あの人はとても雨や霧が好きでした。私と話していても、雨音が聞こえると、急に立ち上がって窓の方へ行くんです。それからずっと、鳴り熄《や》むまで窓の外を眺《なが》めて、身じろぎひとつしない――まるで、世界から切り離されたみたいに」

「切り離したのかもしれません」

加奈江ははっとした。

「いま気がつきました。あなたにはわかるのですね。やはり――〈新宿〉の人だわ」

「承知しました」

せつらが依頼を受けると、加奈江はこう言った。

「あの人を見つけても、帰るつもりがないと言ったら、そのままにしてやってください。私には返事だけを伝えていただければ結構です」

それは影の声であった。

せつらは通りまで見送った。


家も木立ちも通りすぎる車も白く溶けている。

足音が近づくと、俯《うつむ》いた通行人が忽然《こつぜん》と現われ、また消えていった。

「さようなら」

と加奈江は言った。依頼者の挨拶《あいさつ》としては珍しい。この娘も戻ってくるつもりはないのかもしれなかった。

バスが来た。

霧を通して、運転手と乗客の姿が見えた。

「よろしくお願いします」

ドアが開いた。

ステップに足をかけた時、強い力が加奈江を後方に引いた。

宙に浮いた身体《からだ》を、運転手が手首を摑《つか》んで止めた。

加奈江は首を傾《かし》げたくなった。運転手は席についたまま、加奈江の手首を摑んでいる。料金ボックスの辺《あた》りは霧に包まれて確認できないが、運転手の腕はそれを越えて、乗降口から一メートルも離れた彼女の腕を摑んでいる。

悲鳴が喉元《のどもと》まで押し上がり、噴出する寸前——加奈江は外へと流れ、せつらのかたわらに着地した。手首は摑まれたままだ。反射的に眼をやって、加奈江はようやく悲鳴を上げることができた。手首には毛深い男の、これも手首から先が絡《から》みついていたのである。

バスがドアを閉めて走り出した。一メートルも行かないうちに、車体は縦横《たてよこ》十文字に分断されて——ふっと消えてしまった。

霧になった、と思った。

手首を見た。自分の分しかない。

「これって——一体？」

それは問いというよりつぶやきであった。

「霧の悪戯《いたずら》」

とせつらは言った。これも答えかどうか。

加奈江の気分がようやく落ち着いた頃、光る眼が二つ近づいて来た。新しいバスのライトだった。

ドアが開いても動けない加奈江へ、

「今度は大丈夫」

とせつらは保証した。

加奈江は安堵《あんど》の息をついて、ステップを上がった。

ふり向いて、

「この中に、彼は入ったのね」

と言った。

「見つけてください」

せつらは片手を上げた。ひとときの別れの挨拶。それだけだ。

バス停と美しい影が霧に隠れてから、加奈江はようやく背もたれに身体を預けた。

「何て街なの」

疲れ果てたようにつぶやいた。

「〈新宿〉ですよ」

通路をはさんだ席の乗客が返した。帽子を被《かぶ》った魔法使いみたいな老婆《ろうば》だった。

「あんた、〈区外〉の人だね」

答えずにいると、

「もう懲《こ》りたかい？」

「少し」

「正直だこと。でも安心おし。〈魔界都市〉にも救いはあるよ」

加奈江はなぜか納得した。

「あんた——そのひとりに会ったね」

老婆は正しかった。加奈江の脳裡《のうり》に美しいものが隠れていた。

顔だった。わからない、美しすぎて。

「ここは〈魔界都市〉だよ。でも、〈新宿〉という名前もある。あんたがどっちに吸い取られるか、楽しみに待ってるよ」

老婆の声は耳元でした。

はっとそちらを見たが——いつ霧が忍んだものか、そこは白い座席だった。

「お婆《ばあ》さん——私は」

「知ってるとも。宇礼加奈江」

声も白く溶けた。

「久しぶりに戻って来た。あたしはガレーン・ヌーレンブルクだよ。この名前、もう忘れておしまいな」

天井の取り入れ口から吹き込んで来た風が、霧を追いやった。

老婆の座席《シート》には誰もいなかった。

他の客たちは、身じろぎもせず前方を見つめていた。


翌日、快晴。

早朝にせつらの下《もと》を訪れた依頼者の顔だけが、霧がかかっているように見えた。

示された写真には、昨日と同じ顔が写っていた。就職用に撮《と》ったものだろう。

せつらが断わると、

「理由は何だね？」

いかにも切れ者ですという顔つきのスーツ姿が身を乗り出した。後ろに同じ姿が二人控えているため、六畳間は一杯だ。

「ノーコメント」

「同じ依頼が来たのか？」

「ノーコメント」

「その一〇〇倍のギャラを払う」

「無駄遣《むだづか》い」

茫洋《ぼうよう》たるせつらの返事である。相手が怒り狂ってもおかしくはないが、不思議《ふしぎ》と今までゼロだ。

「難物だとは聞いていたが――では聞いてくれたまえ」

切れ者は方向を変えた。

「この男は、我が社から途方もない機密を持ち出したのだ。使い方を誤ったり、テロリストの手に渡れば、この国のＩＴの進歩が一〇年も遅れてしまうほどのものだ。なんとしても取り返さねばならん。力を貸してくれ」

「残念」

せつらはにべもない。

「課長、別の人間を捜しましょう」

控えの片方が声を荒らげた。

「こいつは我々を舐《な》めてかかっています。最初から引き受ける気なんかないのです」

「そう言ってる」

とせつら。

「なにィ!?」

立ち上がった姿は巨軀《きょく》と言ってもいい。大学のレスリング部員が、それを買われて雇《やと》われたのだろう。

「よさんか、阿ケ谷《あがや》。我々に必要なのは、最高の人材だ。誰に訊《き》いても、絶対の結果が欲《ほ》しければ、秋せつらだと答える。また来よう」

巨漢は俯いて、はい、と応じた。もうひとりは無言で三人を見比《みくら》べている。

「〈区外〉でなら、世界一の調査員を雇えるのだが、〈魔界都市〉ではそうもいかん。だが、必要なのは単に最高の人材だ。また伺《うかが》うよ」

三人が出て行った後、せつらは窓の外を見た。快晴であった。

「向いてないな――この街に」

こう評価した時、電話が鳴った。

外谷良子《とやよしこ》である。

「あんたの捜してる男だけどね。該当者を目撃したホステスがいるわさ。〈歌舞伎町《かぶきちょう》〉二丁目のバー『ミスティ』。新しい店だね。女の住所は――」

やがて、ぶうと言って電話は切れた。

窓から眼を離し、

「『ミスティ』――霧深き店か」

とせつらは、つぶやいた。

一〇分後、せつらは家を出た。

〈新宿〉一の女情報屋が知らせた住所は、〈新小川《しんおがわ》町《まち》〉の一角であった。

かなり傷《いた》んだマンションの部屋を訪れると、ドア・ミラーの向こうで、息を引く音が聞こえた。

せつらマジックはすでに発動しているのであった。それきり反応がないので、もう一度チャイムを押した。

今度は少し間を置いてから、恐る恐る開いた。

荒れた肌に化粧なし、ガウンをまとった女が現われた。三〇すぎだろう。

職業と名前を伝えると、

「人捜しって、探偵?」

「似たようなものです」

女は横にのいて、せつらを通した。〈新宿〉の人間にあるまじき行為である。ドアの外にいるものが、見かけどおりとは限らない――〈新宿〉生活の鉄則だ。そのために、護符《ごふ》や守護物《タリスマン》を貼りつけ、内部の者は強力な聖体《せいたい》や呪文《じゅもん》を身につける。

1DKの奥の六畳間へせつらを通して、ベッド脇のソファをすすめた。

「どーも」

とたんに女――北多川《きたがわ》まどかは、ベッドに腰を下ろし――ただけではなく、横倒しになった。

「あの？」

「大丈夫――あんたがあんまり綺麗《きれい》なんで気が抜けちゃったのね。いまコーヒー淹《い》れるわ」

「それより、用件を」

まどかは納得した。

「そうね。そうやって、一刻も早く出てってもらうほうがいいわね。ここにいる間、私は魂《たましい》を抜かれっぱなしよ」

「四日前、霧の中でこの人を見たとか」

せつらから手渡された写真を見て、まどかはすぐに、

「この人だと思うわ」

「確信はない？」

「霧が深かったからねえ」

遠い眼差《まなざ》しは、白く染まっているかのようだった。

その日、〈新宿〉はいつになく濃い霧に覆《おお》われていた。その二日前に〈霧の時〉に入ったことは、みな承知の上だ。

タクシーやトラック、その他営業用の車輛《しゃりょう》以外、極端に少ない乗用車は、亀の足取りになる。

午前零《れい》時に店を出たまどかも、タクシーはやめてバス停に向かった。午後一一時からバスは深夜便になる。料金は只《ただ》だが、危険度は〇倍、自分の身は自分で守らなくてはならない。

あと四、五分という路上で、まどかは足を止めた。

朧《おぼろ》に見えていた街灯の光も絶えている。歩くのは危険だった。闇雲に歩き廻《まわ》って失踪した観光客や乗用車等は枚挙《まいきょ》に暇《いとま》がない。必要とあれば、霧が晴れるまで何日か待つだけの覚悟が必要だった。こんなとき動くのは、別のうろつき廻る奴《やつ》から逃亡するためだ。

立ち尽くすまどかの周囲を、幾《いく》つもの影と気配が通り過ぎて行った。

やや俯いて思索《しさく》にふける影は、パイプを手にしていた。そのすぐ後に、おびただしい子供たちの影が整然と進んで行く。笑いさざめく声が聞こえるような気がした。

それから――

トラックほどもある巨大な生物の頭部が。次に首が。いつまで経《た》ってもそれが途切《とぎ》れない。呆《あき》れ返って眼を閉じ、すぐに開けると、もういなかった。

地の底から響くような男女の混声合唱が流れて来た。三角頭巾《ずきん》と思《おぼ》しい影たちが松明《たいまつ》を手に行進して行く。何処《どこ》へ行くにせよ、自分は行きたくないと、まどかはその場にしゃがみ込んだ。

2

誰かがその肩に手を置いた。

若い男であった。直感が自分と同じだと伝えた。

「良かった」

まどかはそれしか言えなかった。

「しばらくここにいなさい」

男は前方を手で透《す》かすようにしながら言った。

「じきに霧は晴れる。そしたら戻れます」

歩き出そうとする男の手に、まどかはすがりついた。

「それまで一緒にいて」

男はまどかを見つめた。哀《かな》しげな表情だと思った。

待つほどもなく、白い世界に影たちが滲みはじめた。

「それじゃ」

静かに離れて若者は歩き出した。薄れる霧の彼方《かなた》に何かを求めるかのように。

「何処へ行くの?」

まどかは堪《たま》らず訊いた。自分は出て行くのに、こ

の若者は残る。胸が虚《うつ》ろだった。吹き渡る風は、不思議ではなく切なさという名であった。その分、

「私――北多川まどか。あなたは？」

　声は大きくなった。

　若者はふり向いて何か言った。名前だったと思う。

「神台省吾？」

　せつらの問いに、まどかは唇をそう動かしてから、首を横にふった。

「そうだったような気もするけど、違うと言われれば、それもそうかなと」

　まどかは宙の一点に眼を据《す》えた。

「はっきりしてるのは、私は出たかったけどあの人はそうじゃなかったってこと。〈霧の時〉って、みんな呑《の》み込まれるのを怖《こわ》がるはずよね。霧に巻かれたら、出て行こうとするよね」

　せつらはうなずいた。

「でも、あの人は違った。少しも怯《おび》えてなくて、普通に通りかかっただけみたいだった。ねえ、あなたならわかるでしょ？　人は霧の中でどうやって暮らしているの？　出たくなくなるような素敵な場所なのかしら？」

　女の眼に光るものがあった。

「私も行ってみたい。あんな人が静かに暮らしているところなら、私だって同じように生きられる気がするもの」

　せつらは一礼して部屋を出た。

　それから、別件で何人かの下を訪れ、〈西新宿〉に帰り着いたのは、夕暮れどきであった。

「あれ」

　バスを降りるや、世界は白く染まった。構《かま》わず歩いたが、どうも落ち着かない。

〈霧の時〉は、月に一度、三日から一週間に亘《わた》って生じる現象だが、必ずしも霧に包まれたものたちすべてが失踪したり、危害を加えられたりするわけではない。一説によれば、自《みずか》ら望んで白い異界へ踏

み込む者たちも少なくないという。

「辛《つら》すぎるのです、この世は」

ある学者の洩《も》らした言葉が、せつらの胸中に揺れていた。

薄い。街頭も家々も細かい部分まで識別することができた。

店が見えて来た。

その前に人影が立っている。

三メートルまで近づき、

「ノリちゃん」

とせつらは声をかけた。

ジーンズとジャケットの上で、見覚えのある顔がせつらの方を向いた。氏家範子《うじいえのりこ》――アルバイトの女子大生である。

「どうしたの？」

とせつらは訊いた。

範子は周囲を見廻した。呆然《ぼうぜん》たる表情は本物だろう。腕時計を見て、

「ごめんなさい――やだ。こんな時間になっちゃって。ちゃんといつものように家を出たんですけど」

「わかってる」

せつらは小さくうなずいた。

「もう閉店時間ですよね、ごめんなさい」

「ご亭主はどうしてる？」

「え？　誰ですか、それ？」

ぽかんとする娘へ、

「君は三年前に結婚した。うちへ来たお客さんにひと目惚《ぼ》れされてね」

「……………」

「結婚してもアルバイトを続けたいと言ったけど、僕は断わった」

バイトの娘たちがせつらの虜《とりこ》になった挙句《あげく》、恋人や夫とトラブルを引き起こす事態は珍しくない。せつらが恋人なしか独身女性だけを採用するのはこのためだ。

範子の眼がせつらを映したまま、曖昧《あいまい》にぼやけ

た。

「そんなはずないわ」

「君が消えたのは、結婚して二日目だ」

「……嘘《うそ》だわ。私はいつも通りに家を出てまっすぐここへ来ました。今日だって」

その面貌《おもて》を霧が吹いた。

三年の間、娘は霧の中で夫の下へ帰るより、せつらの下で働くことを願っていたのだろうか。

「来たまえ」

せつらは店の前まで歩き、シャッターを開けた。

範子と――霧がついて来た。

店の奥の座敷に範子を落ち着かせ、漂《ただよ》うものを払い払いお茶を淹れた。

「嬉《うれ》しいわ。社長にお茶淹れてもらうなんて初めて。半年近くバイトして、一度もなかったのに」

湯呑みを両手で口元に近づけ、範子は眼を閉じた。他のバイトは店長と呼ぶが、この娘は何故《なぜ》か社長と言う。

「私――お店へ来る途中、社長のことばかり考えていたんです。今日もそう。だから時間がかかっても辿《たど》り着けたんだわ」

せつらは片手をふった。霧が逃げようと身をよじった。

「私、本当に結婚したんですか？」

と範子が訊いたのは、少し経《た》ってからだった。

「そう」

「何も思い出せない。いい人だったんですか？」

せつらは立ち上がり、住まいへと続く廊下へ出た。

すぐに戻って来て、卓袱台《ちゃぶだい》の上に写真を一葉《いちよう》載《の》せた。

「君がいなくなってから着いた」

花嫁衣裳《はなよめいしょう》の娘と、タキシード姿の若者。お似合いのカップルだと、誰もが言うだろう。

しばらく眺めてから、範子は写真をテーブルへ置いて、首を横にふった。

「何も思い出せない。よく似た人じゃないの」

せつらは答えない。その美貌《びぼう》は白く煙《けぶ》っていた。

「好きな人と一緒になったなら、とても嬉しいはずなのに、何も覚えていない。ただ、ここへ来たいって、それだけ」

娘の眼から光るものがこぼれた。それは卓袱台の上に小さなしみをつくった。

「私がいちばん楽しかった時間は、ここへ来るまでの時間。社長のそばで八時間働ける。今日は何枚おせんべいを売ってやる、社長目当てのお客さんが来たら、おせんべいを山ほど売りつけてから、みいんな追い帰してやる――そんなことばっかり考えていたんです。半年の間ずうっと。本当に幸せでした」

霧がその鼻口を覆い、吹き流された。

「不思議だわ。それから社長と一緒にいられるのに、それはちっとも記憶に残ってないんです。きっと、社長が綺麗すぎて、何もかも忘れてしまったのね」


「お茶を飲んだら、帰りたまえ」

せつらは静かに言った。

「どこへ帰ったらいいんですか？」

範子の顔を霧が包んだ。

「顔も名前も思い出せない夫のところ？　私は昨日までここで働いていたわ。また使ってください」

痛切な声である。

「質問に答えてくれないか」

「はい」

「霧の中でこんな男と会わなかった？」

眼の前に置かれた写真を見て、範子はすぐにうなずいた。

「すれ違ったわ。ここへ来る前に」

「ひとりだった？」

「ええ。楽しそうに歩いてた。それきり」

「明日から来たまえ」

範子は微笑を浮かべた。当てもない旅を続けてきた旅人が、やっと落ち着き先を見つけたような笑《え》みであった。

礼を言って立ち上がった。

「何処へ？」

「帰ります」

「ご主人のところ？」

「いえ。名前も顔も思い出せません。今朝、出て来た私の家へ」

「けど」

それは、もうあり得《え》ないのだ。三年前、彼女はそこを出て、せつらの店ではなく、夫の下へ向かったのだ。

「心配しないでください。また通《かよ》って来られます。今日、来られたんですから」

玄関へと向かう周囲で霧が揺らめいた。せつらは後に続いた。

「では、明日」

娘の声は霧の中からした。

「気をつけて」

雇い主らしい挨拶を送って、せつらはシャッターを下ろした。

翌日、続けざまに二度、電話がかかって来た。

一本は通称〝ジョージ〟――目下《もっか》、せつらに次いで人捜し屋ナンバー2にランクされている。

「〈区外〉の奴らが来たぜ。簡単な依頼に見せかけているが、胸騒《むなさわ》ぎがして、あんたに頼めって言ってやったんだ。そこで断わられたとバラしやがった。後は何も訊かず、秋せつらが断わった依頼なんか物騒《ぶっそう》で受けられねえと追い帰しちまったよ。多分、あとひとりふたり当たってから、またあんたのところへ行くぜ」

「わかった」

「少しは感謝してくれるか？」

「少し」

電話の向こうで〝ジョージ〟がどんな表情をこしらえたかはわからない。

「それでいい。な、今度、一緒に飯でもどうだい？」

「考えとく」

「またかよ。なあ、もう三年半は口説《くど》いてんだ。一回くらい——」

「少しありがとう」

一方的に切った電話は、そうはさせんぞとまた鳴り出した。

次は通称〝霧研《きりけん》〟——「〈霧の時〉研究センター」の所長からだった。

「〈区外〉から、〈霧の時〉について訊きたいと三人組が来た。一応の話をしてやったら喜んで帰ったが、そのとき、ひとりが君の名を洩らした」

「へえ」

「——これで秋せつらなんぞに依頼なんかしなくて済む、と吐き捨てるようにな。それでかけてみたんだ」

「それはどーも」

「少しは感謝しているだろうな？」

「少し」

「いい芝居のチケットがあるのだが。篠崎信《しのざきまこと》プロデュース『〈新宿〉おかま団』出演の『その腰、もうひと捻《ひね》り』。どうだね？」

「ひとりで行け」

こう言って電話を切ってから、天気予報を聞いて、

「どいつもこいつも」

珍しく悪態《あくたい》をついて、家を出た。

晴れ渡っている。範子はいなかった。

バスを乗りついで〈矢来町《やらいちょう》〉へ着いた。

三本目がかかって来た。

加奈江からだった。

「彼が来ました」

切迫《せっぱく》した声である。来た、だけではなさそうであった。

「どうしました？」

朝、身体がひどく冷えて眼を醒《さ》ました。

寝室は何もかも白く煙って見えた。

理由もなく、

「帰って来たのね？」

と呼びかけた。

ドアが開いた。滲む影。それしかわからない。

〈霧の時〉は何でもそうだ。

ベッドから下り、泳ぐように進んで抱きついた。

腕が加奈江を抱いた。眼は閉じたままでいた。勘《かん》違《ちが》いだったらどうしよう。別の人間《ひと》だったら？

影の身体はひどく冷たかった。

「冷たいかい？」

ああ。加奈江は呻《うめ》いた。省吾の声だった。

「冷たいわ」

「やっぱりな。ずっとこうなんだ」

「大丈夫よ。すぐに暖かくなるわ。私といれば、すぐに」

「そうかもしれない。きっとそうだろう」

「そうよ、そうよ」

背中に回されていた手が肩へ移った。

二人の間を霧が埋めた。

「待って——何処へ行くの？　帰って来たんでしょ？」

追おうとしたが動けなかった。影は、また滲み、去りつつあった。

「ひとりで行かないで。私も連れて行って」

「来てはいけない。さよなら、加奈江。さよなら」

最後の言葉が手の届かない場所から聞こえたのを、加奈江は意識した。

後は何ができたろう。定番だ。その場に膝《ひざ》を折り、両手で顔を覆って、すすり泣いた。

「すぐに行きます」

とせつらは応じた。

3

電話を切って、加奈江はマンション一階の喫茶室へ入った。

霧の気配もない店内でモーニング・サービスを注文した。他に六、七人の客がいる。それだけで、身を切るような孤独がわずかながら癒《い》やされていく気がした。

コーヒーとトーストと半熟卵が並んだ。左方の窓ガラスにも同じ品が映っている。

砂糖もミルクも入れない酸味の強い液体が、熱く胃に広がっていく。

カップを戻して、立ち昇る湯気を見つめた。

不思議と穏《おだ》やかな気分だった。省吾は霧の中へ消えて行ったのだ。

湯気が視界を埋めていた。

眼を離し、加奈江は声を上げそうになった。

窓は白く染まっていた。

ドアの方から白いものが吹き込んで来た。

そちらへ走り出した店員と、客たちが、おぞましげな叫びを上げた。

スーツ姿の男が二人入って来た。その背後で店員があわててドアを閉ざし、ロックをかける。

手を振って霧を追いやろうとする客たちを無視して、男たちは加奈江の脇に立った。

見上げるばかりの巨漢がＩＤカードを示した。省吾の会社だった。

「神台が見つかりました。あなたに会いたがっています」

いかにも企業人間の物言いで告げると、加奈江の腕を取った。

「ちょっと――困るわ」

「神台は少し――精神的におかしくなっています。あなたの助けが要《い》ると医者から連絡を受けました」

もうひとりがレシートを摑んでレジの方へ歩き出

した。

「さあ」

腕を掴んだ巨漢が促《うなが》した。進もうとして、加奈江は白い記憶を甦《よみがえ》らせた。

「彼は――いつ戻って来たの？」

と訊いた。

「昨日の晩です」

加奈江は巨漢の手を振り払った。

「彼はさっき、私のところへ来たわ」

巨漢は無表情に一歩下がって、右手を上衣《うわぎ》の内側に入れた。現われた武器は加奈江にも見た覚えがあった。指向性音波麻酔銃だ。

白いものがそれを掴んだ。

「あ」

と巨漢は洩らした。

邪魔者は白い手であった。

「省吾」

手だけだからって、見間違えたりはしない。薬指の指輪《リング》は誕生日にプレゼントした品だ。

巨漢がよろめいた。腕が引かれたのだ。傾《かたむ》いた身体を支える足が乱れて、彼は霧の中に倒れ込んだ。三〇センチ向こうは壁である。

男はぶつからなかった。

「呑まれた」

と言ったのは、客の誰かであったろうか。

レジへ向かっていた相棒が、こちらをふり向いて事態を察した。

こわばった表情で加奈江へ駆け寄ろうとした。柔らかな霧が、その全身を捉《とら》えた。男は構わず進んだ。

別の客が悲鳴を上げた。先が鎌《かま》状に曲がった脚部のようなものが、霧の中から男の両肩にかかっていた。

悲鳴とも気合いともつかぬ叫びを上げて、男は身をよじった。

鮮血が上がった。

男の前進力に合わせて、鎌状の先端はその肩に沈み、骨ごめに斬《き》り抜いているのだ。

　皮一枚残した傷口から太い血の帯を吐きつつ倒れた男の背に、異様なものがのしかかった。

　脚《あし》の主だ。サイズは小型の象ほどもあるが、そのどぎつい紅《あか》は、それが出ようとしている霧の白さと鮮《あざ》やかな対照を成していた。

　ずんぐりした球体を思わせる身体の下方に一メートルもあるくびれが走るや、ぱっくりと上下に開いた。巨大な口は床に倒れた男の身体をすくうように口腔《こうこう》内に放り込んで閉じた。

　青白い光がその全身を包んだ。奥のカウンターから、マスターが磁力波銃を発射したのである。一〇万ガウスの直撃を受けたものは、激しく身を震わせ、炎と毒煙を噴《ふ》き上げた。異界のものであろうと、この世界に存在するものは、その物理法則に従う――象と同じ反応を示すのだ。

　二撃目が襲った。

　そいつはまた痙攣《けいれん》し、霧の中へと後退しはじめた。

「待て」

　カウンターから出て来たマスターが、霧の中へ三射目を放ち、空中のイオンを攪乱《かくらん》した。

　マスターが客たちを見廻し、

「無事ですか？」

　と訊いた。

「あの二人以外は大丈夫だ」

　派手なジャケットを着た男が大声で伝えた。

「すぐ〈警察〉と〈区役所〉へ連絡しろ。霧の中の奴らが出て来たのは、はじめてだぞ」

「しかも、二人もさらってった――お姐《ねえ》さん、あんたよく無事だったなあ」

「しかし、ドアも窓も霧除《よ》け仕様になってるんだ。なのにどうして、入り込んで来た？」

　粟立《あわだ》った相の店主の問いに答える者はいなかった。

店主はカウンターに戻って〈警察〉に電話をかけ、客たちも、血まみれの床や席を離れて、新聞を広げ、コーヒーを飲みはじめた。その辺は〈区民〉の実力である。

加奈江は血も妖物《ようぶつ》による食人も気にならなかった。

間一髪《かんいっぱつ》のとき、省吾が助けてくれた。それだけが狂乱する精神《こころ》を救っていた。


せつらがやって来たのは、パトカーと殆《ほとん》ど同時だった。すでに霧は晴れ、警官が封鎖線を張り出したのを巧《たく》みに通り抜けて、店内の加奈江から事情を聞き出した。警官の中に彼を知っている者もいたし、そうとは知らずせつらに近づいた新米は、その横顔を見ただけで、何も言えなくなった。

「霧の中から現われたか」

今まで、人間やこちら側の世界に属する者が戻って来たことはあったが、霧の向こうに棲《す》むものが侵入した事例はない。

「何が起こってる？」

その問いを解決しそうな方法に、しかし、せつらはもう見当をつけていた。

〈大久保《おおくぼ》二丁目〉に建つ貸しビルの一階のドアに、

「〈霧の時〉研究センター」

のプレートが貼ってある。

「同じような事例が今日は七件も起きている」

せつらを前に、沈痛な面持《おもも》ちで語りはじめたのは、所長の森石雄《もりいしお》であった。

「へえ」

と言ったものの、さして驚いたふうに見えないのが、せつらのよいところでもあり、悪いところでもある。

「ま、君には仕事に関わらない限り、どうでもいいことだろうが、これは〈魔界都市〉にとってもかなりの危機を意味する現象だぞ」

「へえ」

「本来、霧の向こうに巣食《すく》うものたちの存在は、帰還した者たちの証言から明らかになっていたが、こちらへ侵入した例は皆無《かいむ》だった。その理由は不明のままだ。同時に彼らが侵入して来た原因も見当がつかん」

「つけるには?」

「霧の中で暮らし、彼らの弱点を知悉《ちしつ》している者たちを捜すしかあるまい」

「これまでの帰還者の中には?」

「ひとりいる」

「へえ」

「藤本摩澄《ふじもとますみ》という靴屋の主人だ。一〇年前に呑まれ五年後に帰って来た。消えたときから少しも年を取っていない風貌《ふうぼう》でな。ただ、頭の中はそうもいかなかった。何を見たものか、戻って来たときはまだましだったが、今では途轍《とてつ》もなく危険な発作《ほっさ》を起こすという」

「どんな?」

「時折、向こうで見たものを再現するらしい。私は未見だが、家族は全員死亡。今は〈メフィスト病院〉に入院中だ。あそこでも発狂死した看護師がいるらしい」

「へえ」

　せつらの反応に、ようやく真実味が滲んだ。

「我々の研究によれば、霧の中にいるものが時を選ばずこちらへ出現するようになれば、六日間で〈新宿〉は滅びてしまう」

「ロクな研究じゃないな」

「そう言いたもうな。人間《ひと》の文明という奴が、いかに脆弱《ぜいじゃく》な代物《しろもの》か知るだけでも、私は価値があると思う。考えてもみたまえ。霧の中に危険な化物《ばけもの》がうようよいると知りながら、その侵入を防ぐ手段さえ持てないでいるのが人間だ。かといって、〈新宿〉にも有為《ゆうい》の人材はいるだろう。私は彼らの下を訪れて警鐘を鳴らすつもりだ」

「候補は?」

「まず、〈区長〉の梶原《かじわら》だね」

せつらは、

「基本が間違いだ」

と断言した。

「あいつほど〈新宿〉にとって危ない奴はいない。自分の地位と貯金通帳の額のためなら、霧の中からやって来た連中とも手を結ぶ」

「そういう噂《うわさ》もあるが、ここは〈区長〉を信用したいものだ。あれくらい〈区民〉に嫌われながら、六期も〈区長〉の座に選ばれるとは、絶対にひとかどの奴に違いない」

「あーそう」

せつらは簡単に主張を引っ込めた。自分でも案外やる、と思っているのかもしれない。

「霧を止める方法は？」

「あると思うかね？　この研究所を建てて一×年――霧はなお立ち込めておる」

「出て来る奴を防ぐ方法は？」

「帰還者を絶やすつもりか？」

「役立たず」

せつらは身を翻《ひるがえ》した。

森が落ち込んだのは、それから数分後であった。せつらの悪罵《あくば》は、その場では効果がない。しばらくしてからボディブローのように効《き》いてくる。美しいものが消えた。これが効果増大の秘密だと言われる。人呼んで〝三分殺し〟。

〈メフィスト病院〉で面会を申し込むと、直《じか》に対面してしまった女性係員は、

「この患者は院長専任です。院長の許可がないと会えません」

「そこを何とか」

せつらは微笑した。愛想《あいそ》笑いのつもりだったのだが、効果は爆発的に予想を外れていた。係は失神してしまったのである。

別の係が気づく前に、せつらは妖糸《ようし》を放って受付

ブース内のコンピュータを操作し、藤本の部屋を突き止めていた。

院長預かりと言ったとおり、

「隔離病棟《やば》」である。

確かに危い。

4

冗談ではなく、核ミサイル並みの病《やまい》を抱《かか》えた連中の収容場所である。さすがのせつらもためらった――とは思えぬ足取りで裏庭へ廻り、広大な地所に整然と並ぶ赤煉瓦《れんが》の建物へと向かった。

目標の四号病棟の前に立ったとき、

「侵入者は警告なしで射殺する場合もあり得る」

闇を払う月光の声であった。

ふり向くと、白い院長が立っていた。

「急用でね」

「ひとこと連絡すれば済むことだ」

「藤本摩澄に会わせてくれたまえ」

「今は許可できん」

「今？」

「とにかく、帰りたまえ」

「はーん」

とせつらは宙を仰《あお》いだ。それからメフィストを見た。このヤローという感じの光が点《とも》っていた。

「摩澄ちゃん、何かやらかしたな」

「何もせん」

「おまえは気がついていないかもしれないけど、嘘《うそ》をつくと、口元がビミョーに痙攣する。ん？」

せつらが驚く前に、メフィストは気づいていたかもしれない。

世界は白く変わりつつあった。

無言でメフィストは歩き出した。せつらも後に続く。

右から二つ目の建物――病棟であった。

扉はメフィストが押しただけで開いた。

「うわ。缶詰」

せつらの声はもう的《まと》を射《い》ていた。

霧だらけだ。何も見えない。

せつらがまばたきする間に、メフィストは霧に溶けた。

「待て」

せつらは妖糸をとばした。〝探《さぐ》り糸〟は天を駆け、吹き抜けのホールと家具調度の位置と形まで知らせて来た。

メフィストを捜したが、いない。

左斜め前方に階段があった。

二階の一室のドアが閉じるところだった。

せつらは二階の手すりに糸をかけるや、床を蹴《け》った。風のように二階へ舞い上がった。床は幻《まぼろし》ではなかった。

問題のドアへと走った。

ぷん、と血の臭いがした。

戸口で立ち止まった。


白い世界の中で何が起きつつあるか、せつらには手に取るように見えた。

二〇畳ほどの広い病室の中央にメフィストは立っていた。

右方にベッドと窓がある。ベッドのすぐ下の床に、血まみれのパジャマ姿が倒れていた。

そのかたわらに黒い燕尾服《えんびふく》姿の男が片膝をついて、メフィストの方を見ていた。

右手はパジャマ姿の背中――心臓の位置から生《は》えた短剣を摑んでいる。

それを引き抜くや、メフィスト目がけて投げた。

さして速くはない。

メフィストは易々《やすやす》と右手で柄を摑《つか》んだ。柄は〈魔界医師〉の把握を抜けて、心臓に突き刺さった。

同時に燕尾服の両腕は肩から落ちた。

燕尾服はこちらへ眼をやった。ようやくせつらは、そいつが白い仮面を被っているのに気がついた。

眼鼻と口はついているが、被った者の本体は血走った両眼のみだ。それもひとめで狂気にとらわれていると知れた。

鮮血の噴き出す両肩はそのままに、燕尾服は立ち上がり——停止した。

せつらの妖糸に絡め取られたのだ。

次の瞬間、その場に崩れ落ちた。しぶきを上げて溶けた。

「何とかなった」

せつらはメフィストの方を向いた。

いつの間にか短剣は左手に移っていた。白いケープには傷ひとつつない。

「ご苦労だった」

メフィストの労《ねぎら》いの言葉を、せつらははじめて聞いた。ついでに計算どおりだったという傲慢《ごうまん》な響きも。

白い医師はパジャマ姿に近づいて、その上にしゃがみ込んだ。脈を取り、頸動脈《けいどうみゃく》に触《ふ》れて、瞳孔《どうこう》を確かめ、

「死亡を確認した」

と言った。

「頸部動脈を切断されている。失血死だ」

「名声は地に墜《お》ちたな」

〈メフィスト病院〉は、あらゆる外敵から患者を守る鉄壁の保護力で知られている。それに亀裂《きれつ》が生じたというせつらの皮肉だ。しかし、白い院長は気にしたふうもなく、

「まだ、いるぞ」

と言った。

それはせつらも承知の上である。四方で気配が蠢《うごめ》きはじめていた。

「口止めだな」

せつらはすでに戦闘態勢に入っている。

蚊《か》の羽音に似た響きが巻き起こった。音からの判断が正しければ、サイズはざっと一〇〇倍、数は三〇を超える。

それが二人に集中した。

羽音が不意に熄んだ。

「みな溶けた」

と少ししてせつらが言った。

「出現点はここだ——事情を話したまえ」

「企業秘密」

「では、仕方がない」

メフィストはあっさりと退《ひ》いた。

「霧の中のものたちが現われた以上、こちらからも手を打たねばならん。出現の原因を突き止め、速《すみ》やかに処置する」

「それだ」

せつらは大きくうなずいた。

「原因を突き止めよう」

「早く帰りたまえ。霧は晴れていない。敵はまた襲ってくるかもしれんぞ」

「突き止めるのにどれくらいかかる？」

「小一時間」

「待つよ」

「ここを動くな」

メフィストの声は、これで途絶《とだ》えた。

糸を放ったが、手応《てごた》えはなかった。

「あれ？」

嘘のように霧は引き、病室にはせつらだけが残った。死体も溶けた痕《あと》も、夢だよと告げて消え去ったようだった。

本院の方へ歩き出すとすぐ、携帯が鳴った。

「あたし、北多川です」

まどかである。

「どうしました？」

「あなたが捜してる男の人の件で、別のことを思い出したの。霧の中の記憶。よかったら話すけど」

「すぐに伺います」

「あなた、今、何処にいるの？」

「〈メフィスト病院〉です」

なら、〈歌舞伎町〉の「珊瑚水《さんごすい》」という喫茶店で、とまどかはリクエストしてきた。

何かのベスト10で〝〈歌舞伎町〉にいちばん似合わない店〟のトップに選ばれた店内は、穏やかな光と音楽と静謐《せいひつ》な色彩に満ちていた。

電話したとき近くにいたのか、五分と待たせずまどかはやって来た。

ウエイトレスにコーヒーを注文してから、じっくりと四方を見廻し、

「ここはじめてなのよ。一度、来てみたかったの。勝手言ってごめんなさいね」

と、まどかが詫《わ》びた。

「いえ。それで」

「このまえ言い忘れたんだけど、私、あの人から伝言を頼まれていたのよ」

「どうして、このまえ会ったときに？」

「あなたの顔、見ちゃったでしょ。ぼんやりして、肝心《かんじん》なこと忘れてたわ」

「何て言ってた？」

「大好きですって——奥さんのこと」

「へえ」

「伝えてあげなさい。じゃ」

立ち上がろうとするのを、

「まあまあ」

親爺《おやじ》みたいな止め方をした。少しは感謝していたのかもしれない。

「そ？」

まどかも簡単に席へ戻って、

「彼を捜してるんなら、霧の奥まで行かなきゃ駄目よ。すぐに帰れるようなところにはいないわ」

少し間を置いて、

「——行ってみたい？」

とせつらは訊いた。

「そう見える？」

うなずいた。何気ないふうに、

「怖くない？」

「あの白い世界の奥に何が待ってる？　――考えただけで身の毛がよだつ。行きたくなんかない。でも――」

「ここにいるより、いい？」

「意地悪ね」

ちら、とせつらを睨《にら》んで、

「でも、そのとおりよ」

眼を伏せた。

「時々、この街はとても冷たくなる。血が凍るくらいにね。私だけじゃないわ。あなただって、そうでしょ？」

「それは、この街の専売特許じゃない」

せつらは静かに言った。

「〈区外〉だってそうだ。でも、みんな誤解してしまう。ここへ来れば、ひとりじゃなくなるって。〝逃《のが》れの街〟は聖書の中にしかないよ」

「そうね。この街が、どんなに惨《むご》いところだって、私はひとりじゃ霧の中へ入っては行けないわ。でも……」

「でも？」

「誰かと一緒なら行ける。でもばっかりだけど、でも、その人は嫌がるでしょう」

「君の会った彼は？」

「ひとりきりだった。きっと、私たちなんかより、ずっと辛い目に遭《あ》ってきたのよ。あの霧の中でひとりでいても平気なくらい。羨《うらや》ましいわ。私は行きたくても行けない。この街にいたくないだけ――。それじゃあ追い帰されてしまう。あそこにいられるのは、それ以外では死ぬしかないこころを抱《いだ》いた人たちよ」

神台省吾もそうだったのだろうか。すると、あの言葉は誰に宛《あ》てたものか。

「どうするの、これから？」

まどかは悲痛な声で訊いた。ひどくひたむきな表情であった。

「捜しに行く」

「霧の中へ？」

一瞬、せつらを見つめ、まどかは頰《ほお》を染めた。

「あなたなら帰って来られるかもしれないわね。身を切られるようなこころの痛みなんて縁がなさそうだもの」

「どーも」

「でも、あなたを見て、そうなってしまう女はいるかもしれないわよ。いえ、男だって」

まどかの声に怒りのようなものがこもった。

「本当はね。あなたを睨みつけてやりたいの。でも、そんなことをしたら、私は霧の中へ行きたくなるかもしれない。もうそうなりかかっているのに。やだ、未練たらたらの女なんて。早く私の前から消えて。あの人が、大好きだと言った相手にそう伝えておやりなさい」

まどかはレシートを摑んで立ち上がった。

「あ、それは――」

「うるさい」


ドアを抜けて行く後ろ姿を見送りながら、ソーダ水をひと口飲《や》った。

「わかってねえな、あの女」

という声が上がったのは、隣のボックスからである。

人生苦節六〇年といった感じの男であった。土建屋か、とせつらは思った。

「失礼。耳に入ったんで、聞き入っちまったよ。気にしねえでくれ」

「土建屋さん？」

「いや、フーゾクの親爺だ」

「はあ」

「おお。いくら〈新宿〉だって、こんな男が本当にいるとはな。あんた、あれかい。噂に高い人捜し屋さんかい？」

「ははは」

「らしいな。なあ、おれなんかが偉そうな口をきいても仕様がないが、あんた、本当に罪作りだぜ」

「はあ」

「今の女はまだマシだ。あんたのせいで、希望を抱いちまったからな」

ドアの方へ眼をやったが、まどかの姿はとうに見えなかった。

「だが、もう一度、あんたを真正面から見たら、それが間違いだって気づいただろうよ」

「はあ」

男は下を向いたまま苦笑した。

「当人は気づかずか――そんなもんだろう。忘れてくれ」

せつらは、はあとしか言わなかった。言えなかったのかもしれない。

5

「霧が出ないとなあ」

「珊瑚水」を出て、せつらは〈靖国《やすくに》通り〉を〈大ガード〉の方へ進み、角のゲーム・センターへ入った。パチンコ屋も兼ねている。店内は昼を過ぎたばかりというのにほぼ埋まっていた。

チンジャラの音響が店内に充満し、客たちの戦闘意欲を燃えさせるべく流れるＢＧＭは「軍艦マーチ」であった。

パチンコは知られざるせつらの趣味のひとつである。この店を贔屓《ひいき》にしているのは、電動ではなく、手動――指で弾《はじ》くタイプの機械を採用しているからだ。

成績はというと、下手《へた》の横好きである。今日もたちまち三〇〇〇円スッて、溜息《ためいき》をついたところへ、

「ツキがないらしいね」

隣の台に来た男が、憐《あわ》れみの声をかけて来た。聞き覚えと見覚えがあった。

また来ると去った依頼人グループの親玉だ。総務の竹林《たけばやし》と名乗った。

せつらは無視した。

「お宅へお邪魔したがいなかったので、社へ戻る前にここへ来た。よく来るのかね？」

「たまに」

「そうか」

竹林はここで口をつぐみ、弾きはじめた。

出るわ出るわ。受け台はたちまち山盛りになり、プラスチックの玉入れだけでは追いつかず、五〇〇〇発入りの木箱が用意された。三〇分と経っていない間の出来事であった。

せつらの玉が切れた。

竹林はプラスチックの箱をひとつ滑《すべ》らせてよこした。

じろりとそれを見て、

「依頼は受けないけど」

「仕事とは関係ない。知らぬ仲じゃないというだけだ」

ひと握り取って台に載せ、せつらは、

「どーも」

と言った。

竹林は小莫迦《こばか》にしたような笑顔を見せた。

「遠慮は禁物《きんもつ》だぞ」

ひと箱空《から》にするまで一〇分とかからなかった。

「機械だけは、君の顔でも融通《ゆうずう》が利《き》かんらしいな」

と笑う竹林へ、

「返す」

こう言って立ち上がったら、

「パチンコの玉ひと箱で依頼を受けてくれとはいえんが、今朝うちの調査部員が二人やられた。目撃者の話によると、君も来たらしいな」

「仕事」

「うちのも受けてもらえないか？」

「駄目」

「霧の中のものが、人間を襲い出したと聞いた。原因は神台だよ」

せつらは眉《まゆ》ひとすじ動かさず、

「やっぱり」

と返した。

「わかっていたのかね？」

嘘をつけというふうな竹林へ、

「霧の攻撃は、彼がいなくなってからだ。『マーベリック電子』が、ここまで諦《あきら》めないんだ。よほど大事なものを盗んだらしい」

「それを話すわけにはいかん」

「じゃ、受けない」

「独断で打ち明けよう」

あまりあっさり切り換《か》えたので、せつらは少し呆れた。

「我が日本支社では、異世界との隔壁《かくへき》に穴を開けることに成功したのだ。ほんの数秒だったが、〝向こう側〟の奴らがどっと押し寄せた。だが、これは意図的な成果ではなく、限りなく偶然に近いものだった。穴は塞《ふさ》がり、出現した連中は霧にまぎれたのだ」

「霧に？　実験は〈新宿〉でやったのか？」

「そうだ。〝向こう側〟の連中が出て来ても比較的安全な場所――〈中央公園〉で行なわれた」

「〝向こう側〟の化物を〝こちら側〟の化物に処分させるんだ」

「そういうことだ。だが、そのとき、偶然だとは思うが、凄《すさ》まじい濃霧が発生し、〝向こう側〟の厄介《やっかい》ものを呑み込んでくれたのだよ。これも偶然だとしたら、世界は二度の偶然によって救われたことになる」

突然、竹林は硬直した。喉に手を当てた顔が、みるみる土気色《つちけいろ》と化す。

せつらの妖糸には、珍しく怒りがこもっていたかもしれない。

「お宅の社員を連れ去ったのも連中？」

せつらの口調は変わらない。不気味といえば不気味だろう。

「違う……あれは……奴らじゃ……ない……」

「土着の連中？」

「……多分……我々が呼び出しちまったものは……まだ……霧の中にいる……恐らく……出ては……来られん……のだ」

「霧のせいで？」

「……多分……そうだ」

「すると、霧は世界を救ってる？」

「……恐らく……でなければ……奴らはとうに……世界を食らい尽くしているだろう」

「けど、出て来た」

「そこは……わからん……わかる者がいるとしたら……神台省吾……だけ……だ」

「穴を開けたのは彼？」

「そう……だ」

いきなり呼吸《いき》を爆発させた。骨を貫《つらぬ》く痛みが完全に消えるまで待ってから、せつらの方を見たが、もういなかった。

ついでに、竹林の玉も木箱ごと消えていた。


「霧の中のものを、自由に操《あやつ》れる手段はあり得る？」

せつらの問いに、「〈霧の時〉研究センター」所長・森石雄は、椅子《いす》の上でのけぞりながら、

「どんなものでもいま存在しないから、未来にもないとは言えんな」

と応じた。

「異空間に穴を開けられる人間なら、外に出せると？」

「そう考えて差し支《つか》えない」

「防ぐ方法は？」

「出した奴しかわかるまい」

「ここで何を研究してるんだ？」

森は肩をすくめて、そっぽを向いた。

「ま、色々と」

「役立たずめ」

せつらは、効きそうもない悪態をついて外へ出た。

ドアを閉めた途端《とたん》に、眼前に何かが落ちて来て、地上すれすれで止まった。

制服警官だった。ホルスターの拳銃に手をかけている。首がない。

駅の方で悲鳴と喚声《かんせい》とおびただしい気配がふくれ上がっていた。

それと白い霧の波が。

「やれやれ」

せつらはそちらの方へ歩き出した。泡を食っても仕様がない。犠牲者が少し増えるだけだ。

——と思ったら、押し寄せる霧の速度は津波よりも雪崩《なだ》れ並みで、一〇歩と行かぬうちに視界は白く染まった。

前方から影たちが走り寄って来た。

霧が吹き寄せ、呑み込んで——消し去った。

同時に、無色無音の苦鳴《くめい》が空中を走って、影たちは地上に落ちた。彼らを摑んだ触手《しょくしゅ》とも鞭《むち》ともつかぬものは、数十センチのところから断たれて霧の地面に転がった。

「隠れて隠れて」

こう手をふり廻せば、みなは地に伏せ、空中から何かの一部がばらばらと落ちてくる。

せつらは眼を凝《こ》らした。

「この際だ」

奥へと走った。

本来はバイク屋のある位置だ。すんなり抜けて、せつらは走り続けた。当てがない疾走《しっそう》ではない。遠くに人影を見たのだ。

勘《かん》は閃《ひらめ》き、確信に変わった。

すでに糸は放っていたが、反応はない。

「出て来い」

つい、要求してしまう。

「お!?」

滲んでいる。

足に力を込めた。

霧に隠れ——現われた。眼の前であった。

「あン⁉」

せつらは眼を細めた。彼以外なら恍惚《こうこつ》と倒れている。

「何してる？」

「君と同じだ」

とドクター・メフィストは答えた。

「妖物を外へ出そうとしている張本人を捜している。発見未《いま》だしだが」

万物《ばんぶつ》に為《な》すべきこと患部に為すがごとく迅速《じんそく》、賢《けん》明《めい》なる〈魔界医師〉も、霧の世界では勝手が違うらしい。

「君は見つけたのかね？」

「らしい影だけ――あっちだ」

「私も行こう」

ここはメフィストがいても、と思ったのか、せつらは文句をつけず、先に走り出した。

前方に、ふわりと影が生じた。

「いた」

白い世界を黒白《こくびゃく》の影が走った。

すぐにせつらが、

「おかしいな」

メフィストが、

「追いつかんぞ」

と洩らした。

影はそのまま立っている。なのに、こちらは全力疾走しても距離は少しも縮まらないのだ。

妖糸は――手応えなし。

メフィストの針金は――同じく。

走るしかない。

せつらの呼吸が切れてきたとき、メフィストが足を止めた。

「どうしたの？」

「何か見えた」

もとから霧に溶けていた姿が、左方へ向くと、もう見えなくなった。

「役立たず」

罵《ののし》った途端に、眼の前に人影が立っていた。

「おや？」

とせつら。

霧が霧を押しやり、その姿を露《あら》わにした。

呆然とせつらを見つめているのは、加奈江だった。

「違う」

せつらはつぶやいた。さっきの影とは別だという意味だ。

「どうしてここへ？」

平凡だが当然の質問をせつらはした。

「霧が出てくればあの人に会えると思って。この近くへ出たから家にいろって、緊急速報があったんです」

だから、出て来た。会いたくて。

「彼は？」

「まだです」

「ここにいると思います？」

「らしい影を見ました」

「じゃあ、いるんだわ！」

加奈江は眼をかがやかせた。

「よかった。捜しましょう。あのチップも無事だといいけれど」

「チップ？」

加奈江は、あ？　という表情になって、

「まだお話ししてなかったかな。彼が会社から持ち出した、研究データをインプットしたチップよ。それを持って消えてしまったんです」

「あなたに渡していかなかった？」

「はい」

加奈江はひとつうなずいた。怒りの翳《かげ》が片頬を渡った。

急にせつらは、伝えてしまいたくなった。

「神台さんと出会ったという人物に会いました。伝言が——」

「その人——女？」

「そ」

加奈江は空中を睨むような眼つきで、

「伝言は何と？」

「大好き」

「嬉しい」

普通の顔になったのに気づいたかどうか、せつらは平然と、

「捜しに行きます。ここにいてください」

「嫌よ。一緒に行くわ」

「面倒は見られません」

「冷たいのね」

「神台さんを捜すのが仕事です。余計なことはしません」

「余計なことって――私は依頼人よ。あの人が戻ったって、私がいなかったら意味ないでしょ」

「あなたにはね」

加奈江は愕然《がくぜん》とせつらを見つめ、たちまち、とろけてしまった。

「あなたは――」

「神台省吾さんを捜すのが仕事です。その間に、あなたが事故で亡くなっても依頼は果たします。それ以上のことは、仕事ではありません」

「何て人なの」

加奈江はよろめいた。怒りと恍惚の合間で血が脳に届かなくなってしまったのだ。

「それじゃ」

せつらは影のいた方へ走り出した。その姿が霧に呑み込まれる前に、加奈江もその後を追いはじめた。

6

メフィストが目撃したのは、ある種のメカに違いなかった。

せつらより確かな足取りで、彼は霧の世界を歩き、その眼前で不意に霧が晴れた。

まず眼についたのは、ビニールの長風船を自由にねじ曲げ、組み合わせたようなメカであった。風船と違うのは、内部を色とりどりの光が走ることか。白い世界で、それは束《つか》の間《ま》の生命《いのち》のきらめきのように閃いた。

その周囲に人々がいた。

霧に紛《まぎ》れれば影となり、霧が薄れると本来の姿を現わすのだった。

顔半分に火傷《やけど》を負った白髪の老人、頭を大胆にへこませたスーツ姿の中年男性、スーパーの袋をぶら下げた主婦らしい片目の女、手首から先にミミズ腫《ば》れの痕《あと》が這《は》う制服姿の女子高生と男子中学生、頭からビニール袋を被った自転車に乗った少年、頭にスパナを食い込ませた電気工事人、両肩が外れた警官、そして、白衣を血に染めた医師。

石のように立ち尽くしたまま、彼らはそのメカを見つめ、いつまでも動かないのだった。生きている証拠は、口元で跳ねとばされる霧とまばたきであった。

もうひとつ——メフィストを眼にした途端、恍惚と煙る顔だ。

スーツ姿の男に近づき、

「これは何だね？」

とメフィストは訊いた。

「我々をここへ留《とど》めておく装置です」

と男は答えた。

「これがないと、我々はもとの世界へ帰らなくてはなりません。時々、失踪した人間が戻るのは、これが時折故障するからです」

「誰かが修理するのかね？」

「私たちが知らないうちに、誰かが直していくようです。ひょっとしたら、機械自身が自らを修理しているのかもしれません」

「みな、戻りたくないのかね？」

「はい」

一斉《いっせい》に上がった声は、どよめきにも聞こえた。

「何故だね？」

静かな〈魔界医師〉の問い。

返事はない。

「答えられぬほど、辛いものを抱えているのかね？」

「ここへ来るまでは、何処でも同じだと思っていました」

メフィストの背後で品のよい老婆が言った。

「でも、ここはとても生き易い場所、静かで、穏やかに眠れる。私は二度とあちらへ戻りたくありません」

静かで穏やか。誰でもそうなってしまう世界、或《ある》いは、そうなる世界。

そうなった人々をこの装置は守ってきたのだった。

雰囲気が変わった。

霧が危険なものを運んで来た、とメフィストには知れた。

みな周囲を見廻し、不安な表情を隠さない。あちこちで鉄のボルトを引く音が鳴った。

悲鳴がひとつ上がった。

遠くで、和服姿の老人が崩れ落ちた。割れた頭部が血を噴いている。

銃声が連続した。同じ数の悲鳴が上がった。敵のものではない。

メフィストの右手が閃いた。

白い空中に紫のしずくがとび散り、白い形が地に伏した。猿に近いそれは、たちまち霧に呑まれた。

メフィストの両腕がケープの内側に沈んだ。出て来た繊手《せんしゅ》には光る輪が握られていた。

その先がするすると伸びるや、手首のひとひねりで空中にある形を描き出した。

輪郭だけで、金棒を握った鬼とわかる。霊妙《れいみょう》なる瞬間芸であった。

全長三メートルを超す形だけの鬼を三体作り出すや、メフィストは悲鳴の方を指さした。

金棒を担《かつ》いだ鬼たちは霧に消えた。

すぐに別のものたちの苦鳴と絶叫が耳に当たった。

「これでメカは守れるだろう。だが、別の仕掛けをこしらえた男は何処にいる？」


等身大の影が近づいて来た。思索《しさく》にでもふけっているのだろうか。二メートルほどのところで、せつらは足を止めた。後ろで加奈江の足音が聞こえた。

「ひとつだけ訊きたい」

とせつらは話しかけた。

返事を待たず、

「あなたも、あちらが辛くてここを出ない？」

影は動かない。霧はその姿をなおも隠したままだ。

「省吾？」

背後の足音が止まり、代わりの者がこう訊いた。

「そうよね、その影はそうだわ。しゃべらないのが、その証拠よ。戻らなくてもいいと言えば、逆に現われると思ったのに。ねえ、秋さん、こいつはひどい男なのよ。半年も一緒に暮らしてたくせに、時々、私が何を訊いてもしゃべらなくなるの。私はただ、仕事のケアレス・ミスを指摘し、その場でやり直させただけなのよ。ミスを訂正するのは当然じゃなくて？　しかも時々、その辺にうろうろしてる田舎者《いなかもの》の莫迦にも負けないご託《たく》を並べるのよ」

「へえ」

「ボクの考えてた幸せはこんなことじゃない、ってのが、いちばん多いわね。次は、行くならひとりで行くってやつ。私が待っているのに、無礼でしょ」

「いなくなった契機《きっかけ》を覚えてます？」

これは加奈江へのはじめての問いであった。女ははぐらかさなかった。

「喧嘩《けんか》だわね。あの日、彼が研究の成果を発表しないと言うので、どうしてよ、と訊いたら、実験に失敗した、このままじゃ大変な危険が世界を襲うって。世界なんかどうなってもいいじゃないの、その発明、どっかの国の政府に売りつければ、死ぬまで遊んで暮らせるお金が手に入る。私にはわかってたのよ。だから、早く作れって毎日たきつけていたの。その日も言い争いから大喧嘩になって、出て行っちゃったのよ」

「神台さんはしゃべる方ですか？」

「いえ。殆ど」

「一方的ですね」

「私はちゃんと彼の意見も聞いてるわ。でも、その日は少し言い過ぎたかなって思ったけれど。まさか蒸発するとは思わなかったな」

「それはそれは」

せつらは妖糸をとばした。

手応えはあった。

しかし、

「確認が取れない。顔が見えないし。さて、どうしよう」

「なに呑気《のんき》なこと言ってるの。また逃げられたら困るわ。早く連れて一緒に出て行きましょう」

しかし、加奈江の眼には、人影はおろか、せつらの姿さえ形を失っている。

「逃がしちゃ駄目よ」

加奈江の声は要求ではなく叱咤《しった》であった。それに怯えたかのように霧は晴れていった。


「今夜、零時。〈コマ劇場〉の前で」

とせつらは告げた。加奈江の部屋である。霧の中で別れてから三時間が経っていた。

どうして彼を連れて来なかったの？と問い詰める加奈江に、せつらはこう答え、一度だけだと言った。

「わかったわ。行きます」

と加奈江は眼をかがやかせた。

「ねえ、他に話はしなかったの？」

「何も」

「本当に？」

「依頼人に嘘はつきません」

「私のこと悪く言ってなかった？」

「何も」

「よかった」

加奈江の口元をかすめる笑顔には寂寥《せきりょう》があった。

せつらが気づいたかどうかはわからない。


家へ戻るとすぐ、電話がかかって来た。

「ミスティ」のホステス――まどかからであった。

「まだ、霧の中に消えちゃいないのね」

「はあ」

愛想なしで答え、

「切る」

「ちょっと待ってよ」

まどかの声はあわてた。

「これなら霧の中になんか行くわけないわよねえ。他人の想いとか、少しも関心ないの？」

「はあ」

「わかった。じゃあ、すぐ切る。けど、これだけ言っとく。あなたの捜してる男が、こう言ったと伝えたでしょ。大好きだって？」

「はあ」

「あれは嘘よ。そんなこと言わなかった。言ったのは、私」

「はあ」

「それじゃ――もうかけないから」

「はあ」

「私も霧の中になんか、行かないわ」

邪険と言ってもいい切り方で、受話器は死んだ。

「大好き、か」

省吾の言葉でないのなら、それはまどかのものに違いない。嘘の言葉は本当に伝えたい相手に向けられたものだったのだ。せつらへ。

古い掛け時計が一一時を打った。

「どっこいしょ」

ひどく年寄りじみた動きと声を道連れに、せつらは立ち上がった。まだ仕事は片づいていないのであった。

〈歌舞伎町〉の賑《にぎ》わいは時間の制約を受けない。それが、今夜は結界《けっかい》でも張られているのかと思うくらいに人影がなかった。

駅から通じる通りにも人影は絶えている。荒涼《こうりょう》の名をつけてもいい通りである。

〈新宿コマ劇場〉の壁の前に人影が揺れていた。若い男である。

〈新宿駅〉の方から真っ赤なスーツを着た女が下りて来た。

真っすぐ男の前へ行き、

「大好きなんて言わなかったわよね？」

答えさせまいとするかのように、男の身体を霧が包んだ。

女がうなずいた。

「わかった。じゃあ、チップだけ頂戴《ちょうだい》」

返事は何だったのか？

女の身が震えた。怒りのせいであった。

「こうしてやる」

ポケット・サイズの回転式拳銃《リボルバー》は、男のいるはずの空間へ、五発を射《う》ち込んだ。

夜空を銃声が流れた。

不意に湧き出た霧が、男を包んでいた。

女はその中へ走った。

化粧水か何かのように手で霧をすくい、全身に塗りつけた。

霧はもうなかった。

誰もいない。

死ぬほど辛いものを抱えた人間しか霧へは入れない。

しばらくそこに立ち、女は〈靖国通り〉の方へ歩き出した。その眼に涙が光っていた。

ひと気の絶えた空間を風が渡っていった――と思

う間もなく、四方から現われた〈区民〉と観光客は、たちまちそこを埋めた。

近くの建物の陰からそれを見ていたせつらは、女の姿が闇に溶けてから、これも〈駅〉の方へ歩を進めた。

「もう出て来ないだろうな」

霧のことか、男のことか。

この後、〈新宿〉は霧の出現を見なかった。

〈霧の時〉は終わったと、〈区役所〉はＴＶで宣言した。

おいで、地の底へ

1

高梨靖男《たかなしやすお》は、以前から〈区長室〉の怪音に興味を抱《いだ》いていた。

一〇年越しの保安係の特典は、規定条項にある昇給や退職金よりも、信頼関係という一点に発揮される。

深夜、非番の彼が制服を着て庁舎内をうろついても、同僚はクレームをつけないし、毎日変わる〈区長室〉のドア・キイのシークレット・ナンバーを暗記しても、深夜、〈区長室〉へ入っても、目撃者が騒ぎ出すこともない。

ある夏の終わり、高梨は好奇心に決着をつけることに決めた。

怪音も一〇年越しである。

耳にした職員によれば、「風の音」が圧倒的に多く、続いては「生物の声」。三位以下はどうでもよろしい。

そこから、高梨の深夜の侵入に到《いた》る道程《どうてい》にも、〈新宿〉ならではの物語があるのだが、これも割愛《かつあい》する。

侵入するのはこれが初回だが、目的が遂《と》げられなければ、何度でも決行するつもりでいた。

ドアを閉めると、彼はすぐ照明をつけ、耳を澄《す》まし、四方を見廻《みまわ》した。保安室でビデオのモニターを監視している同僚に対する演技だが、半《なか》ば本物でもあった。同僚には鼻薬を嗅《か》がせてあるから疑われる心配はないが、やはり気にはなる。

怪音の発生時期、時間は不定である。

一週間連日の場合もあるし、ひと月丸々聞こえない場合もある——ま、すべて噂《うわさ》だが。

高梨はそれから一時間以上、念入りに室内を探《さぐ》り、眼を凝《こ》らし、耳を澄ませた。挑発のつもりで手を叩《たた》き、唸《うな》り声を放《はな》ち、地団駄《じだんだ》を踏んでみせた。

反応はなかった。

梶原《かじわら》〈区長〉も、自ら秘書に、音を聞いたと話したというが、事実かどうかは不明である。

だが、高梨の――特に聞き耳をたてる際の――リアルな表情を見れば、彼は信じているのがわかる。

さすがに飽《あ》きたか、床に胡座《あぐら》をかいて、徹夜用のエネルギー・バーを一本咥《くわ》えたとき、鼓膜《こまく》がかすかに震えた。

「え？」

と口に出し、そのせいではないかと思ったほどのあるかなきかの響きであった。

しかも、続いている。

絶叫しそうな昂《たかぶ》りを抑《おさ》えに抑えて、出所《でどころ》を求めた。この瞬間に生命《いのち》を賭《か》けたと言っていい。

肉体の全機能が耳に集中し、ついに、梶原のデスクと背後の壁の中だと確認した刹那《せつな》、猛烈な興奮が加える刺激――心筋梗塞《しんきんこうそく》のために、彼は失神状態に陥《おちい》った。


その男は、〈上落合二丁目《かみおちあい》〉の通りにあるマンホールから、登山服とゴーグル付きの、黒い顔を現わした。

夏の午前十一時少し過ぎ、通行人も、多かった。

さすがに〈新宿〉といえど、この時間にこんな場所へこんな出方をする人間は少なかったから、すわ妖《よう》物《ぶつ》か、それに憑依《ひょうい》された輩《やから》かと、みな輪を作り、護身用の武器を向けたが、男は気にするふうもなく、さっさとマンホールを出ると、照りつける太陽に向かって両手を広げ、思いきり呼吸《いき》を吸い込んだ。

それが異様な行為に映ったのは、着込んだ服は何処《ど》《こ》もかしこも刀剣の修羅場《しゅらば》に紛《まぎ》れ込んだのではないかと思われるほどズタズタに裂かれ、骨まで露出していたせいである。つまり、どう見ても、男の血はすべて流れ出てしまったはずなのだ。

男が一同を見廻し、丁寧《ていねい》にマンホールの蓋《ふた》を戻してから、にやりと笑って、東西線《とうざい》〈落合駅《おちあい》〉の方へ

と歩き出したとき、ようやく、

「あの顔は」

とささやき交《か》わされたのである。

黒い顔の皮膚は乾いて貼りついた血痕なのであった。

通行人のほとんどは、男が去ると同時に散っていったが、観光客らしい何人かは男の後を尾《つ》け、別の何人かはマンホールに近寄って、写メを撮《と》りはじめた。

最初に気づいたのが誰かはわからない。写メを中断し、そこを覗《のぞ》き込んだのは、ほとんど同時だった。

マンホールの鉄蓋《てつぶた》の窪《くぼ》みに、陽光が小さなかがやきを生んだ。

どう見ても黄金の破片であった。

夏の終わりらしく、じめついた日が続き、とどめとばかり、この二日間、土砂降《どしゃぶ》りというには切ない、小降りと呼ぶには執拗《しつよう》な、中途半端な雨が熄《や》まなかった。

〈秋《あき》人捜し《DSM》センター〉のチャイムが鳴ったのは午後八時を廻った頃で、ＰＣでデータ整理中のせつらは、いつの間にか卓袱台《ちゃぶだい》に顔だけ乗せて安らかな寝息を立てていた。

浅い眠りではなかったが、そこは商売柄ですぐ眼を開き、外の監視カメラをＰＣにつないだが、スクリーンには雨の糸とひと気のない玄関が映るばかりだ。

ぴん、と来たが、こういう相手にこちらから声をかけると、ロクなことがない。

寝たふりをすることにした。

すると、またチャイム。

再度、ＰＣ。

いない。

うーむとスクリーンを眺《なが》めていると、三度目のチャイム。

「はじめてじゃないし」

と三和土《たたき》へ下りた。

ドアを開けるのにためらいはなかった。

「はーい」

と片手を上げたのは、びしょ濡《ぬ》れの和服を着た芸者髷《まげ》の色っぽいが悲しげな表情の中年増《ちゅうどしま》ではなかった。ビニール傘《がさ》をさした長い髪の娘であった。耳と瞼《まぶた》と下唇と手の甲に、メタル・リングをつけている――というより刺している。服はぴたりと身についたピンクのワンピースで、脚《あし》の長さも肉づきもボディラインと等しくセクシーだ。

せつらを見ると、たちまち恍惚《こうこつ》となって、

「あたし――三車伸枝《みぐるまのぶえ》。人を捜《さが》してほしいんだ」

これだけ言うのに、三〇秒近くかかった。

さして濡れたふうもない。背後の垣根《かきね》の向こう側を、乗用車のライトが水の糸を光らせながら、通り過ぎて行った。

「上がりなさい」

と声をかけると、ううんと首を勢いよく横にふった。大胆に反《そ》り返ったつけ睫毛《まつげ》、真っ赤に塗った太目の唇が激しく震《ふる》えた。

「あのね、サブちゃんを助けてほしいの。サブちゃんね、あたしと同棲《どうせい》してたのね。でも、やくざの組に入って、みかじめ料の集金だの、カクセイ剤の運び屋だの、ケチな仕事をやってたの。でも、あたしもフーゾクや飲み屋で稼《かせ》いでたから、とても幸せだったの。夜だって上手《うま》いんだからあ。ところが、六日ばかり前に、ある人をさらって来いと言われて出かけたら、ミスやっちゃったのね。仕事中は携帯ＯＦＦにしておくのに、その日はＯＮにしたままだったの。あたしに仕事のことを知らせずによ。ね、危《やば》いでしょ。相手の通る道に車停《と》めて、その相手が通りかかった瞬間に、みんなでとびかかる――まさにその瞬間に、あたしが電話かけてさ、大きな声で、ねえ愛してる？　ってやっちゃったのよ。サブちゃんはちょっと耳が悪いの。で、音はスピーカー設定。さあ、人攫《ひとさら》いだってときに、愛してる？　はねーだろ、阿呆《あほ》って、後からさんざん怒られたけど、あたしの声聞いて、相手がサブちゃんたちに気づいて、逃げ出しちゃったのよ。加速剤服《の》んでたらしく、車でも追いつけなかった。それでサブちゃん、責任取らされて私刑《リンチ》にかけられそうになったんだけど、死ぬのは嫌だって、こっちも逃走しちゃったのよ。すぐあたしのとこへ来て、荷物まとめてるとこへ、組の人たちが押しかけて来て、サブちゃんひとりで逃げ出したわ。でも、次の日すぐに捕まって、〝六日嬲《なぶ》り〟って拷問《ごうもん》にかけられたのよ。五日前に捕まって〝六日嬲り〟だから、今日が最後の日なの。今日、殺されちゃうのよ。お願い、捜し出して、あたしのとこへ連れて来て」

「――するとデッドラインまで、あと四時間ないのか」

さすがのせつらも困ったが、茫洋《ぼうよう》たる表情としゃべり方で、切迫《せっぱく》感がまるでないものだから、伸枝はその手を掴《つか》んで、

「お願い、捜して、助けて、今すぐ動き出して。ぎゃー」

とふり廻しはじめた。

「組の名は？」

「『鬼流組《きりゅうぐみ》』――〈二丁目〉にでっかい事務所があるわ。きっと、その地下で拷問にかけられてるのよ。お願い、何とかしてえ」

滅茶苦茶《めちゃくちゃ》もいいところだが、少なくとも本気なのは疑う余地もなかった。何がせつらを動かしたのかはわからない。

「やってみよう」

「やた！」

しなやかな肢体《したい》が、とび上がった。

ワンピースと同じ色のショルダー・バッグから取り出したものを、せつらに押しつけた。預金通帳とカードであった。

「これ。みんな上げる。遠慮しないで好きなだけ使

って。ありがと、ホントにありがと」

　いきなりせつらに抱きついて、キスの雨を降らせた。せつらは避《よ》けなかった。

「ありがと」

　仲枝はすぐに身を離して雨の中へ後じさった。

「ありがとありがとありがと。頼りにしてるからね。あー嬉《うれ》しい。じゃ、さよなら」

　傘をさしたピンクの背が通りの方へ去って行く。通りへ出てから一度こちらを向いて、大きく手をふった。

「さよならあ」

　ふられた傘が、家の陰に消えた。

　それを確かめて、せつらは事務所へ入った。傘を手に戻ると、足早に雨の中を歩き出した。

　時間がない。調査料を貰《もら》った以上、契約は成立し、果たされなければならなかった。

〈新宿二丁目〉のバー「エクスラン」の常連は、大半がその筋の連中であった。〈二丁目〉は、〈魔震《デビル・クエイク》〉以後、〝マッシュルーム・ダークサイド〟と呼ばれるほど、暴力団の事務所が乱立し、牙《きば》を剝《む》き合い、つぶし合い、今では四団体が覇《は》を唱《とな》える無法地帯と化している。

　その理由は——わからない。四団体それぞれのトップにだけは、先代からの申し渡しがされているというが、確かめた者はない。店の数も種類も多く、〈二丁目〉自体は歓楽街といってもよく、そこからハネる不法収益も莫迦《ばか》にならないが、四つの組が血で血を洗う戦いを今も続行するほどの価値は決してない。

　ゆえに〈二丁目〉は別名〝貧者《ひんじゃ》の金鉱《きんこう》〟と呼ばれる。

「エクスラン」に、世にも美しい若者が入って来た時、店には四組の組員が顔を並べていた。

　新顔の入店を、凶暴そのものの顔がじろりと睨《にら》みつけ、新顔は出て行くか、おずおずと隅《すみ》の席を選ぶ。

今夜は、睨んだほうが恍惚と涎《よだれ》を垂らし、新顔は折り畳《たた》んだ傘を手に、ある組のテーブルへ近づいて、

「誰でもいい。事務所へ案内してください」

と切り出した。たちまちひとりの若いのが、

「何じゃ、おのれは？　こか『鬼流組』の席だぞ。わかって口利《き》いとんのか、おお？」

凄《すご》んだつもりが、脳味噌《のうみそ》の芯《しん》まで、溶かされてるから、酔っ払いのたわごとにしか聞こえない。

相手は店の壁にかかった電子時計を見て、

「あと三時間と少しです。えーと、どなたかお願いします」

どっと笑い声が起きた——が、こちらもへなへなで迫力ゼロと来た。それでも、

「何じゃ、『鬼流組』、てめえの組の場所忘れたか？　何ならおれが案内したろうか？　『福山《ふくやま》商会』の立《たち》木《き》がよお」

「わしが行ってもいいぜ。『洞門会《どうもんかい》』の若党頭《わかとうがしら》の広《こう》助《すけ》じゃい」

「おお、おれも付き合ったろうか、『血魂組《けっこんぐみ》』の千《ち》切《ぎり》って者《もん》だ。おい、きれいな兄さん。あんたとなら心中気分で殴《なぐ》り込みかけてもいいぜ」

たちまち、拍手と、そうだそうだの合唱が湧《わ》き上がった。

「それでは困ります。組のドアを開けてもらえません。なるべく穏便《おんびん》に事を進めたいのです」

「鬼流組」のひとりが眼を剝いた。

「なるべくって、おめえはあれか、付き合う者《もん》がなかったら、ひとりで組に押し込みかけるってえのかい？」

「仕方がありません。あなた来てください」

言われたのは、禿頭《はげあたま》の、いかにも古参の幹部という印象の背広姿だった。

周囲から、どっと笑いが噴《ふ》き上がり、

「おー、付き合ってやれや、甲斐《かい》さん。こんな色男

「そのとおりじゃ」

と道中できるんや。何が起きても本望《ほんもう》やろ」

また爆笑。甲斐と呼ばれた幹部は、

「てめえら、何ぬかしやがる!?」

と立ち上がった身体《からだ》が、すうと若者の後を戸口へと向かった。その姿が、何か見えない手に強引に連れ去られるように見えたものだから、一瞬、店内は静まり返り、ドアが閉まってから、

「待ちやがれ!」

「甲斐さん!?」

「鬼流組」の組員たちが頭をふりふり、戸口へと殺到した。事実、彼らは夢から醒《さ》めたばかりだったのである。

それから——ドアは閉じられたまま、何分かが過ぎ、総毛立《そうけだ》った三団体のやくざたちのひとりが、兄貴分に言われて、そそけた顔でドアを開け、手と足をすっぱり落とされて、店の前でのたうつ男たちを発見したのだった。

広がっているはずの血の海はすでに雨に流されて、池ほどになり下がっていたが。

2

サブちゃんこと御木本三郎《みきもとさぶろう》が、せつらのオフィスへ駆け込んで来たのは、翌日の早朝であった。

狂鳴《きょうめい》するチャイムに、まず妖糸《ようし》を放って、犯人を金縛《かなしば》りにすると、

「秋さん、おれだ」

声でわかった。

「六時だけど」

「わかってる。でもよお、伸枝がいねえんだ」

「連絡は取れたのか——っていうより、あなた無事だったのか?」

「おおよ、さすがはドクター・メフィストだぜ。一発で治してくれたよ。正直、おれも駄目《だめ》だと観念《かんねん》してたんだけどよお、ほれピンピンしてらあ」

胸のひとつも叩きたかったのだろうが、直立不動で身を震わせるばかりだ。痛みはないらしい。

昨夜、せつらは操《あやつ》り人形に変えた幹部と一緒に「鬼流組」の本部へ乗り込んで、地下室で拷問を受けていた三郎を救出した。

したものの、どう見ても一〇分と保《も》ちそうにない重傷で、せつらにできることといえば、邪魔する組員を片っ端からバラバラにしながら、当人をタクシーに放り込んで〈メフィスト病院〉へ向かうだけであった。

住所と電話番号は通帳と一緒に受け取ったメモに記《しる》されていた。携帯へかけるとすぐ、伸枝が出て、大至急駆けつけますと告げた。

彼女の到着を待って、せつらは契約を終了した。料金は伸枝が近くのコンビニへ行き、ATMを操作して支払った。

規定料金以外を返すと、伸枝は眼を丸くした。

「あたしの気持ちよ。受け取って。お願いします」

「気持ちだけ受け取ります」

せつらは静かに言った。そうなると、普段がのんびりだから、聞くほうも眠気《ねむけ》を誘われる。

「でも、本当に四時間足らずで……もう信じられない。あんた、顔だけの男じゃなかったんだねえ。凄い凄い凄い」

「重体だけど、戻って来たら、仲よく暮らして」

こう言って、せつらは別れた。

待合室を出て廊下を少し行ってからふり返ると、戸口のところで伸枝が両手をふりまくっていた。

「治るといいね」

ふと誰が言ったのかと疑い、自分だと知ってから、せつらは少し驚いた。

そして、夜が明けたらこれだ。せつらは身仕度《みじたく》をしてから、妖糸をほどいて、六畳間へ上がらせた。

「病院で会わなかったのか？」

せつらは寝不足を意識しながら訊《き》いた。

「いや、会わねえ。最後に見たのは――」

「さらわれた」

せつらの結論はすぐに出た。

病院内での誘拐は、もともと妖物やら魔法やらが好む死の雰囲気に満ち溢《あふ》れていることもあって、比較的多い。そういう形質を持つ人間に、死霊《しりょう》はたちまち取り憑《つ》くのだ。だが、〈メフィスト病院〉に限ってはあり得《え》ない。

恐らく、外へ出たところを狙《ねら》われたのだろう。

「捜してくれ、頼む」

三郎は両手を合わせて頭を下げた。

「金はねえ。持ち金は組に取られちまったし、家だって奴《やつ》らに見張られてる。けど働いて必ず返す。それで助けてくれ。おれが案内する」

「心当たりが？」

「ある。穴ん中だ」

「穴？」

「地下に通じている穴だ。そこに落ちたんだ。たぶん、組の者に追われて逃げる途中にだ」

「穴にいると、どうしてわかる？」

いちばん肝心《かんじん》なことを訊いた。

「死にかけてる間に、夢に出て来たんだ」

「夢？」

「助けてくれって泣いて頼むんだ。おれにゃどうしていいかわからねえ。それで、あんたのところへ来た」

「僕のことはどうして？」

三郎は痛いところでも突かれたように沈黙し、眼をしばたたいた。記憶を辿《たど》る作業はうまくいったとは言えなかった。

「あいつが――いや、違う。あんたのことは知らねえ――えい、たぶん、どっかで名前を聞いてたんだ。それで思いついたのさ」

「ここの住所は？」

また押し黙って、

「そう言や――待ってくれ。気がついたら来てた。よく覚えてねえや。けど、あいつが穴の中で苦しんでるのは本当だ。それだけで充分だろ。頼む助けてくれ」

昨夜は、男を助けてくれと女が泣き、今は女のために男が手を合わせている。せつらにとっては、どちらも同じことだった。

「わかった。案内してください」

「やった！」

とび上がるところも同じだった。

「ありがてえ、ありがてえ。金は必ず払う。このとおりだ」

また両手を合わせるチンピラに、

「通帳を預かってます」

とせつらは言った。

「え？」

「返し忘れました」

「え？　え？」

「料金はここから引かせていただきます」

「え？　いや、それは――」


三郎は唇を尖《とが》らせ、右手を突き出した。

「か、返せよ」

「預かっておきます」

「なんでだよ、仲枝の通帳だろ？」

「あなたのではありません。それに――働いて返すんでしょう。不要では？」

ううう、と呻《うめ》いて三郎は不平面《ふへいづら》をしたが、それきりになった。

「では――案内してください」

窓から差し込む朝の光の中で、せつらは大きく伸びをした。

伸びを戻してから、

「ここ？」

と訊いた。

「そうだ。間違いねえ」

陽光の下で、三郎は足下《あしもと》に黒々と開いた穴を見下ろした。

マンホールである。蓋はない。場所は〈新宿〉のほぼ南の端《はし》――〈信濃町《しなのまち》〉駅に近い公園の中だ。人はいない。

「ここから入った?」

「そいつはわからねえ。おれたちの知ってる穴の出入口はここだけなんだ。けど、絶対中にいる」

せつらも初めて耳にする情報であった。

「入ったことは?」

「一度だけある。ほれ、ガイドブックや『誰も知らない〈新宿〉』って本に、地下のことは色々書いてあるだろ。あれとは全く違ってた。もう気味が悪いし、おかしな声はするし――下りてすぐ上がって来ちゃったよ」

正直なところだろう。〈新宿の地下世界〉については、かなり調査も進み、詳細な地図《マップ》も製作されている。観光客用の安全なコースも何本か走っている。

だが、いま古いマンホールの出入口から噴き上げてくるのは、素人《しろうと》が不安を感じる程度の馴《な》れ合いの妖気ではなく、ひどく神秘的で凶暴なものを含んでいた。

「じゃ、これで」

「待ってくれ、おれも行くぜ」

「足手まとい」

その辺せつらは容赦《ようしゃ》がない。世界一の探検家相手でも、面と向かって言い渡すだろう。

「そんなことはねえよ。こう見えても暗闇には慣れているんだ。餓鬼《がき》の頃から下水道や地下廃墟《はいきょ》使って、盗みや盗品運びをやっていたんで、暗いところでも眼は利《き》くぜ」

「来たら足を斬る」

せつらは、のほほんと言った。いつもと同じ迫力ゼロの物言いだ。

三郎は全身から引いていく血の音を聞いた。

「僕が戻るまで、〈十二社《じゅうにそう》〉の『雷電《らいでん》』って中華料理店に隠れていなさい。店主に言えば、わかるようになってます」

「なんだ、そりゃ？　あんたの親戚か？」

「バイトで『隠れ家』を提供してます。二階が空いていればいいけど、地下だと窮屈《きゅうくつ》かな。あ、申し込めばトイチで小遣《こづか》い銭《せん》も貸してくれますよ」

「そんなに手広くやってるのか⁉」

「では」

せつらの身体がふわりと浮き上がると、音も加速度もなしで、すうと穴の中に吸い込まれていった。

三郎は数秒立ちっ放しでいたが、それから穴の中を覗き込み、身体を震わせると、寝ている神さまを見てしまった人間のように、足音をひそめて歩き去った。


垂直の降下距離は約二〇メートルであった。通常のマンホールが崩壊し、その下に広がった空洞《くうどう》の底に着地したのである。

先に下りた者がいたらしく、マンホールの鉄梯子《てつばしご》の半ばから、ロープが垂れ下がっていた。三郎かもしれない。

何処かに光源があるのか、眼を凝らせば何とか、物の形くらいはわかる。

マンホールへ来るまで、三郎はゴーグルやライトを用意しろと提案したのだが、せつらは無視した。

四方は人間の手が入っていない自然の岩窟《がんくつ》である。どこもかしこも荒れた岩場が、足を滑《すべ》らせてやろう、触《ふ》れたら肉を裂いてやろうと何キロにも亘《わた》って待ち構えている。二〇メートルという深さは、〝安全ルート〟の内だが、人跡未踏《じんせきみとう》といってもいい自然の荒々しさは比ではない。

その世界を、せつらは音もなく歩き出した。平地を行くがごとき滑《なめ》らかな足取りは、プロの探検家の眼も剝かせるに違いなかった。

せつらの四方には不可視《ふかし》の糸が張り巡《めぐ》らされていた。

左右の手から繰り出されたそれは、地を這《は》い壁を

縫《ぬ》って危険な凹凸《おうとつ》を探り、さらに危険な生物の存在を数百メートルの彼方《かなた》から感知しては、せつらの指先に伝え、対策を促《うなが》すのだ。彼は数千の眼と手足を備《そな》え、闇の中を音もなく前進していくのであった。

道は急速に傾斜していく。

五〇〇メートルほどで視界が開けた。深さは五〇メートルを超える。

「どうしてこんなところへ来た？」

伸枝のことである。まともな神経の持ち主なら、考えた瞬間、強引に消し去ってしまうだろう。

「ん？」

広場と呼んでもいい空間の奥に明かりが揺れている。電気ではない。炎だ。遠ざかっていく。

せつらは歩き出した。後を追ったのではない。仕事以外には一切の関心を持たない若者である。人がいるところに伸枝もいるかもしれない。そう判断したのだ。

3

五分ほどで、前方に光がふくれ上がってきた。

古ぼけた簡易住宅が並んでいる。どれもカマボコ型の屋根や壁の強化プラスチックは剝《は》がれ、修理の痕《あと》がはっきりと見える――うまく修理《なお》ってはいないのだ。光はその何処かに消えていた。

空気は澱《よど》んでいるが、かなり強烈な悪臭が鼻を衝《つ》いた。簡易トイレはあるが、すでに容量は超えているだろうし、換気装置が働いているとも思えない。後は何処かにあるゴミ捨て場の臭いだろう。

窓には明かりが点《とも》っているが、やはり炎だ。エネルギー・ラインは勿論《もちろん》、携帯用の発電器《ダイナモ》もとうに役目を終えているに違いない。

――〝土竜《もぐら》さん〟か

〈魔震〉により〈新宿〉の地下に幾《いく》つもの大空洞が構成されたとき、奇妙な出来事が出来《しゅったい》した。空洞へ嵌《は》まり込んだ人々の中に、救助を拒否し、そこに棲《す》みつく者たちが多数出現したのである。さらに、地上の生活者が次々とそれに加わるに及んで、〈新宿区〉は、彼らへの制止、救出を止《や》め、「地下居住者」として認可するに到った。〝土竜〟とは、その生活環境から生じた綽名《あだな》である。

彼らの多くは、比較的浅い地下――一〇メートル前後に簡易住宅を設置して住み、食料はこれも〈魔震〉以来、地下に豊富に生息しはじめた奇怪な生物を狩りたてて一家や仲間たちに供《きよう》したが、不猟の折は地上へ現われ、異様な風体《ふうてい》でコンビニやスーパーをうろつく。

時の経過とともに、さらに深く暗い世界での生活を求める者たちが、自ら穴を掘って通路を作り、地下へと消えていった。今、せつらが眼にしている集落はその一派のものであろう。

せつらはためらいもせずその一軒に近づき、古いブザーを押した。

すぐにドアが開いて、二〇代半ばと思《おぼ》しい女が顔を出した。

髪の毛もちゃんとブラッシングしてあるし、口紅も鮮《あざ》やかだ。カーディガンにブラウスも普通。香水の香りも漂《ただよ》っている。たちまち、頬《ほお》を桜色に染めて、喘《あえ》ぐように、

「上の人ね――落っこちて来たの？」

少々だらしない笑顔も邪悪とは無縁だった。

「いえ、人捜しで。この人、知ってます？」

と取り出したのは、三郎と一緒に写っている伸枝のサービス判だ。彼女が持って来た資料である。

女は手に取ってじっくり眺め、さっさと返してよこした。

「見たことないなあ。他のとこで訊いて」

「どーも」

「あ、ちょっと」

と女が止めた。

「この先へも行くつもり？　かなり危ないわよ。う

ちのが戻ったら、行けるところまで連れてってと頼んであげる。バイク乗ってるのよ」

「はあ、でも」

「いいから待ってなさい。上から来る人って、地の底の怖さを知らないんだから。ね？　ここでしか飲めないお酒もあるのよ」

「昼間」

「上は、ね。ここはいつも夜。酒盛りの時間よ。あたしもこれから飲むところだったの。付き合って。うちのなら、あちこちとび廻ってるから、さっきの女の人のことも心当たりあるかもよ」

「では」

決めたら遠慮はなし。さっさと上がり込んだ。外見どおり、かなり広い住宅で、せつらが通された居間は二〇畳もあった。

香水らしい匂いがきつい。

窓の外の闇を覗《の》いていると、女がノーラベルの瓶《びん》とグラスを載せたトレイを運んで来た。

「どうぞ」

手にしたグラスに注《つ》がれた液体は、ワインと同じ色だったが、露骨《ろこつ》にアルコール臭を撒《ま》き散らした。

「地酒よ。地の底の虫を三種類混ぜて発酵《はっこう》させたの。味もいいし、効《き》くわよ。見てて」

自分のグラスに注いだ分を、女は一気に飲み干した。

はあ、とひと息つくや、顔中に赤味が広がった。

「ああ、いい気持ち。あなたも飲《や》ってよ。でも、こんなに効くのは男専用」

「はあ」

せつらもグラスを空けた。

「いい飲みっぷりねえ。大概《たいがい》は咳《せ》き込むんだけどね。でもどうでもいいわ――ねえ、あたしを連れて逃げて」

テーブル越しにせつらの手を握った。

「はあ――上へですか？」

この希望者が案外多いというのは、せつらも聞いている。

「違うわ、下よ」

「下？」

これは聞いた例《ためし》がない。

「ちっとも驚かないのね」

女は艶然《えんぜん》と笑った。その両眼に赤い光が点りはじめていた。

「こんな明るいとこ真《ま》っ平《ぴら》なのよ。私の夢は物ごころついたときから、ひたすらまっくらで冷たい世界で、裸で暮らすことだったの。今の夫も同じ夢を見てたと知ったときは、本当に幸せだった。これで闇の世界の生きものになれると思ったわ。それなのに、夫の望み——なんて、中途半端なの。こんな薄闇の中で、しかも照明なんか使って。あたしは許さない。絶対に許さない」

女の歯ががちがちと鳴った。いや、それはもう牙であった。

「動ける？　動けないわよね。このお酒は私がこしらえたあたし専用の変身薬よ。これを飲むと、地虫やヤミヘビや泥獣《でいじゅう》がよく獲《と》れるんだな。ねえ、もう連れ出してくれなくてもいいわ。なんていい男なの。中途半端な世界で生きていると、食糧を獲るのも中途半端になっちまうのよ。本当においしい虫や蛭《ひる》やヘビは、みんなもっと深いところにいるの。でも、今日はとっても美しいものが食べられそう。味もいいでしょうよ」

「誤解」

とせつらは言った。女はもはや血色の眼を丸くした。

「あら、まだしゃべれるんだ。見かけによらず強いわねえ。きっとお肉からも美酒の香りがするわよ」

「いや」

否定しても仕方がない。女は両手を胸前《むなさき》まで上げ、猛禽《もうきん》のごとき鉤爪《かぎづめ》付きの指をひん曲げるや、せつら目がけ躍《おど》りかかった。テーブルなど物の数ではない。

銃声が轟《とどろ》いた。

獣としか言いようのない叫びを放って、女はテーブル上を吹っとんで床へ落ちた。ぐったりした胸に赤い染《し》みが雲のように広がり、見開いた眼の赤光《しゃっこう》は失われていた。

せつらは戸口の方を見た。スライド式のショットガンを肩付けした男が立っていた。夫だろう。硝《しょう》煙《えん》流れる銃口を女房に向けたままなのは、その正体を見切っているからだろう。

「どーも」

せつらは片手を上げた。酒の麻痺《まひ》効果は、血流中のX抗体で最初からゼロだ。〈メフィスト病院〉の注射である。

「すまなかった。上の人か?」

「はあ」

「ここの暮らしにはストレスが溜《た》まるらしい。勘弁《かんべん》してやってくれ」

「はあ」

「おれからもよく言っておく」

せつらは少し考え、

「生きてる?」

と訊いた。

「ああ。銃じゃ死なないんだ。だが、半年はもう人を襲わなくなる。おっと、このことは内聞《ないぶん》に頼むよ」

「えーと、これまでに何人?」

人さし指で首を切る仕草《しぐさ》をして見せると、男は凄《すさ》まじい表情でせつらを睨んだが、すぐに俯《うつむ》き、

「六人だ。これも」

せつらは黙って唇に人さし指を当てた。

「ありがたい。恩に着るよ。しかし、あんた、いい男だなあ。射《う》つ前に顔見たら、当たらなかったよ」

「恩に着せていい?」

せつらはサービス判を見せた。

「おお、見かけたなあ」

打てば響くような返事である。

「何処で？」

男は眼を閉じて、

「確か、〝大降り《おおくだ》〟だ。声をかけたんだが、無視して行っちまったよ。かなり切羽詰《せっぱつ》まった顔してたよ。ありゃ、追っかけられてるんじゃないかな」

「はあ」

「よかったら、これから、近くまで送ってってやるよ。お詫《わ》びの印だ」

「助かります」

せつらは軽く頭を下げた。

男のバイクは旧型の七〇〇ccであった。荷台に積んだ箱から、何かが蠢《うごめ》く音がした。食糧に違いない。

箱を下ろしてせつらを乗せ、男は旧式のガソリン・エンジンに点火した。

風を切りながら、

「音で喚《よ》びませんか？」


闇は暗視ゴーグルをかけているからいいが、音《サウンド》のほうは消音器《マフラー》も装着していない。

「ああ、出て来るよ。時に大物がね。うまく仕留められれば、肉は食卓用、装甲や毛皮や爪は上で売れる」

せつらの脳裡《のうり》に女房の顔が浮かんだ。

不意にバイクの光輪の中に、黒いものが立ち上がった。

「ヤバイ!!」

ブレーキが悲鳴を上げ、せつらは宙に舞った。降下はせず、一〇メートルもの高みに停止する。

通路の地下から立ち上がったものは、岩壁と同じ色をした巨大なモグラであった。

反転しかけてひっくり返ったバイクと男に、巨大な爪が迫る。

その前腕がつけ根から落ちた。噴き上がる血しぶきと痛みが、地中生物を怯《おび》えさせた。

残ったほうの爪で岩を掻《か》き、みるみる沈んでいく。

倒れたバイクの陰に隠れていた男が立ち上がったときはもう、最後の破片が舞い上がったところだった。

呆然《ぼうぜん》とそれを見つめてから、頭上を見上げて、

「いねえ」

「どーも」

後部座席から声をかけられて、男は声を失った。

「地の底へ来て七年になるが、こんな凄いシーンははじめてだ。あんた一体何者だよ、色男?」

「人捜し屋」

「ほう」

つくづくせつらを見つめかけ、男はかろうじて中止した。

「よろしく」

「あいよ」

短いやりとりだけで、バイクはまた走り出した。

目的地までは約三〇分の旅だった。


さらなる深みへと傾斜していく通路を指さし、

「気をつけて行きなよ」

「どーも」

せつらはもう一度軽く顔を上げて、そちらへ歩き出した。

美しい後ろ姿が緑の暗視装置の中で消えていくまで待って、男は長い溜息《ためいき》をついた。

不意に地上が、猛烈に懐《なつ》かしく感じられた。

「きれいなものを見るのはいいが、きれいすぎるのは禁物《きんもつ》だな。里心《さとごころ》がついちまう」

美しいものは、新しい世界へ帰属する決意を崩し、世界をも変更してしまうのであった。

4

我ながらおかしな事態だと、せつらは考え続けていた。

女の依頼で男を捜し出したら、次の日、その男が

やって来て、女を捜してくれと言う。しかも、地の底だ。おかしいと思わなかったわけではない。本来なら断わっていただろう。それがいま暗黒の通路を下《くだ》り続けている。

危《やば》い状況なのは徐々にわかってきた。

〈魔震〉によって強引に生み出された空洞に、たわめられ、ねじ曲げられた既存の力が復活しようとしているのだ。

天井と壁は明らかに歪《ゆが》み、岩肌はささくれ立って、わずかな力を加えただけで崩壊しそうである。現に、せつらの頭上からも破片が降りかかり、払いのけることもできない。風圧で、断層状になった岩壁が崩れ落ちかねないからだ。

妖糸が奇妙な手応《てごた》えを伝えて来た。

前方に人がいる。

かなり傷《いた》んでいるが、頑丈《がんじょう》な革《かわ》のコートを着た男だ。それが暗黒の中に立ってこちらを向いている。眼は暗視ゴーグル付きだ。


「おーい」

と右手をふったが、近づいて来ようとはしない。

バックパック——というより古風なリュックを背負い、手には自衛隊の旧九六式自動小銃を提《さ》げている。

せつらが三メートルまで来ると、ようやく、

「上の人だが——好きで来たんじゃねえな」

と言った。

「宝探しや金鉱掘りにも見えねえし、ひょっとして——女を捜してるんじゃねえのか？」

声はしっかりしているが、もう危ない。暗視ゴーグルの映像は多少鮮度が落ちるとはいえ、せつら魔術《マジック》からは逃げられない。

「これだけど」

サービス判を見て、

「うむ——これだ」

「何処へ行った？」

「うむ——聞きてえか？」

「うん」

せつらは男の顔を見てうなずいた。多少は意図的なものが入っているにせよ、誰の目にも自然と見える仕草は、その美貌《びぼう》を純真さで増幅させた。

男はゴーグルを手で覆《おお》い、後じさった。

「やめろ。ぶるな。頭が溶けちまいそうだ」

「はは。で？」

男は両眼を閉じ、激しく頭をふった。脳のイメージを放逐《ほうちく》しようとしているのだ。でないと取り憑かれてしまう。美しさという妖霊《ようれい》に。

「駄目だ駄目だ駄目だ。絶対に妥協《だきょう》しねえ。おまえ――何持ってる？」

「何も」

「――そうは思ったが。何もなしで地の底へ来たのか？」

「そ」

「やめろ。本当に狂っちまいそうだ」

「現金なら少し」

「こんなところで何か売っていると思うのか？」

「それはまあ」

「時計はあるな？」

「はあ」

「それで手を打とう」

「んじゃ」

せつらが手渡すと自分のを捨てて巻いた。

「いいの？」

捨てられたのを見ながら訊くと、

「一〇年も前に壊れちまってるよ。おお、今は午後三時二〇分か。上じゃ――」

急に表情から力を抜いて、

「――もう忘れちまったよ。他の連中もそうだろうがな」

せつらの脳裡にある名前が閃《ひらめ》いた。

〝迷い人〟

浮浪者ともホームレスとも違う。ある日、前触《まえぶ》れもなく、平穏な生活を捨てて〈新宿区〉を漂泊《ひょうはく》する人々の総称だ。目的がないため〝土竜〟とも異なる。原因は〈新宿〉の妖気とされるが、個人的嗜好《しこう》との合併症《がっぺいしょう》との説が決定的である。

それが地底へと足を延ばしたらしい。地上世界への拒否は〝土竜〟と同じだが、定住しない分、〝迷い人〟の名に恥じない。何処へ行こうとしているのか？

黙って見つめていた時計を、男はいきなりせつらに突きつけた。

「やっぱり、返すわ。おれとは無縁の世界の品だ。それより、食糧や武器は――ないよなあ」

「残念。――で？」

「こっちの得にならねえのに、話すこたねえよ」

「一万円」

「おめえもこんな地の底へ来た以上、まともな人間相手じゃねえのは承知の上だろ。とっとと行け」

自動小銃の銃口がこちらを向いた。

「使える？」

せつらは珍しそうに訊いた。

「勿論だ」

「では」

硬直した男の手から九六式を奪い、せつらは天井に向けた。

「や、やめろ。ここで射ったら天井も壁も崩れちまう。二人とも生き埋めだぞ。でなくても、危険な連中がうようよしているんだ」

「何のためにうろついてる？」

「それは――」

「死に場所を求めて」

「か、勝手に決めるな。だが、そんなものだ」

男の声には真実があった。

「なら」

いきなり、銃声が闇中《あんちゅう》に轟いた。

天井から破片が降り注ぎ、通路がきしむ。

「わわわわわ」

声だけは出せる男が絶叫を放った。

「崩れるぞ。助けてくれ」

「生命《いのち》が惜しい」

「そうだ。逃げよう」

「で？」

「その娘なら、半日くらい前に見かけた。三〇〇メートル先を左へ折れて三キロくらい行ったところに、北へ向かう道がある。そこだ」

「どーも」

途端《とたん》に天井が落ちて来た。

数百トンの瓦礫《がれき》の轟きを、二人は一〇〇メートルほど離れた通路で聞いた。空気流が頬を叩く。それが収《おさ》まってから、

「それじゃ」

せつらは背を向けた。

「待ってくれ」

男が声をかけて来た。糸はほどかれていた。

「〈区長〉はまだ梶原か？」

「残念ながら——そう」

「なあ、頼みがあるんだ」

「やだ」

「そう言うな。これまでも何度か上から来た連中に会った。大概は調査隊かおれみたいなやつだった。どっちも生きて帰れるとは思えなかったので、頼みやしなかったが、あんたなら大丈夫そうだ。頼む。助けると思って」

「僕だけ損するのもなあ」

「別の情報を教えてやる。女なんかより、こっちのほうが貴重だぜ」

「ほお」

「女と同じ道を、兵隊が何人も辿って行った。追いかけてるのかどうかはわからねえがな」

「自衛隊？」

「いや、米軍だな」

「何人くらい」

「一〇人以上いた。数えやしなかったけど。ただ、バズーカや携帯用のランチャーや掘削機《くっさく》も持って

た。重装備だぞ」

「その通路の先に入ったことは？」

「ない。時々、妙な唸り声や悲鳴が聞こえたりする。行ったやつは何人か知ってるが、それきりだ。その女を見かけたときは、まさか女がひとりで——お化けじゃねえかと思ったよ」

「頼みは？」

　男はリュックを下ろすと、一通の封書を取り出した。ポリ袋に包んである。

「これを表書きの住所へ届けてくれ」

「承知」

　せつらはポケットに仕舞《しま》った。誰に宛《あ》てたものか。

「なあ、未練《みれん》だと思うか？」

「思う思う」

「向こうも忘れてるよな」

「そうだそうだ」

「畜生《ちくしょう》！」

　男はせつらに打ちかかって来たが、拳《こぶし》は空《くう》を切る前に停止した。

　男のすすり泣きを、せつらは歩《あゆ》み去る背中で聞いた。

　名前を呼んでいる。男と女と——子供と妻かもしれなかった。

　下りの道は、男が言ったとおりの地点に黒々と続いていた。

　——危《やば》そ
と思ったが、せつらは歩を進めようとした。

　それを止めたものがある。左方から近づいて来た光と気配《けはい》と足音であった。

　妖糸が伝えて来たものは、やくざそのものの男たちであった。ブルゾンに上衣《うわぎ》、運動靴はともかく、革靴の奴までいる。予想もつかないうちにまとめて地の底へ引きずり込まれたという感じの一団であった。

声もした。

「本当にここにいるのかよ?」

「うるせえ。会長の命令だ。うだうだぬかすな」

「けどよ、東郷《とうごう》さん。こんなところへ懐中電灯ひとつで行けなんて、無理ですよ」

「そんなこたわかってる。お仙《せん》の婆《ばあ》さんが言い出したんだから、仕方ねえだろ。あの婆さんの言うことは、会長にとって絶対なんだ」

「今どき、そんな。占い師の言葉で組を運営するなんて、うちくらいのもんですぜ」

「だったら、あの婆さんを殺《と》って来いや」

「…………」

「このとおり、上のマンションにいて、この地下の地図や、おれたちの通り道までよこしたんだ。挙句《あげく》にみかじめを取りに行く途中で地面が陥没《かんぼつ》して、気がついたらここだ。疑ってみろ。たちまち迷子だぞ」

全員がすくみ上がるのがわかった。


次々とせつらの眼の前を通り過ぎて行く。無茶といえば、これくらい無茶な探検隊もいない。

「大体あの女が何をしたって言うんです? サブの野郎を助け出すのに手を貸しただけだろうが。こんな穴ん中へ落っこちりゃ、放《ほ》っといても飢《う》え死《じ》にするだろうよ」

「落ちたんじゃねえ」

東郷と呼ばれた男が言った。男たちはもうせつらの数十メートル先を歩いている。妖糸の伝える情報だ。

「婆さんの話じゃ、最初《はな》からここにいるらしい。どうしてかは、婆さんにもわからねえらしいが、とにかく決着《おとしまえ》つけるなら、ここって話なんだ」

「訳《わけ》がわかんねえっすよ」

「おれもだよ。黙って歩け。食糧なんかねえんだ。しゃべりゃ腹が減るだけだぞ。早《はえ》えとこ女見つけて始末しなきゃ、おれたちも飢え死にしちまわあ」

せつらはうなずいた。自分もそうだ。とりあえず、同伴するのが得策に違いない。

　傾斜はきつさを増していた。前方から、やくざどもの悲鳴や岩肌を滑り落ちる音がした。

　二時間を過ぎた頃、驚きの声が上がった。

　せつらはすでに状況を眼《ま》のあたりにしていた。

　開けた場所に、米軍兵士の死体が転がっていたのである。血臭《けつしゅう》も嗅いでいる。体温からして、死んだのは三、四〇分前だ。やくざたちは総毛立っていた。凄まじい死に様だ。どの兵士も頭部をもぎ取られ、裂けた胴体から内臓がことごとく抜き去られているのだ。

「武器を持ってけ」

　東郷の指示がとんだ。この辺は武闘派らしい。

「おれたちのはもう年季明けだ。ライフルと拳銃とナイフ。弾倉《だんそう》も忘れるな。手榴弾《しゅりゅうだん》はいい。使えやしねえからな。おい、ライフルに弾丸《たま》は残っているか？」

　弾倉を抜く音がして、

「ねえです」

「空っぽです」

　子分の数だけ同じ返答が返って来た。

「他の死体だの破片はあるか？」

「ありません」

　すると、敵は五・五ミリ高速弾をたらふく食いながら、一五人を惨殺《ざんさつ》したと見える。

「この先——どんな奴がいるんだ？」

　東郷の呻きは、せつらの内心の声でもあった。調査隊がもたらした被害は、地底世界がなお暗黒と岩の支配を受けているという事実を上の人々に認識させただけだった。

　〈魔界都市〉の底には、やはり〈魔界〉が広がっているのだ。

　新しい弾倉を入れ替えたM44を手にしたものの、やくざたちの戦意は急速に喪失していった。

　敵は米軍の武器を丸ごと放棄《ほうき》していった。彼らにとっては無用の長物――というか、戦いの役に立たないのだ。そんな連中が闇の中に待っている。牙を剝き、爪を研《と》ぎながら。

「お疲れ様」

一〇〇メートルの彼方で、せつらは一礼した。案外本気だったかもしれない。

「ほら、二カ月くれえ前に、〈上落合〉のマンホールから変な奴が出て来たって話。そいつは、こんなことをした連中の仲間なんじゃないですかね？」

「なんでそう思う？」

「いや、地の底じゃ餌《えさ》がろくにとれねえから、地上の人間を引っぱり込もうって――黄金の粒も実は餌《えさ》だって話もありますよ」

「かもしれねえな」

東郷は嘲笑《ちょうしょう》した。

「おれにも正直、わからねえ。ただ、そのお蔭《かげ》で〈区〉や民間の探検同好会てのが、幾つも宝探しに乗り出すって話もある。案外、おめえの言うとおりかもしれねえな」

「おれたち、罠《わな》に嵌まったんすかね？」

「わからねえ。とにかく行くぞ」

東郷の声に凄みが加わった。

やくざが去った現場には、まだ血臭が漂っていた。

せつらは兵士たちの胸に吊《つ》ってある小ぶりな円筒に眼を留めた。やくざたちが手榴弾と勘違いして残した品だろう。閃光弾《せんこうだん》である。死体のうち二人はそれを手にしていたが、使う暇《ひま》はなかったようだ。首のちぎれ具合と殺戮《さつりく》のスピードから見て、猛烈な膂《りょ》力《りょく》と脚力の主といえた。

閃光弾を二発コートのポケットに入れて、せつらは歩き出した。

「来たな」

とつぶやいたのは、二〇分と経《た》っていない地点である。

通路はこれまでより遙《はる》かに広くなり、どこまでも広場がつながっているほどに思えるスケールを備えていた。

あちこちに空洞が開いている。

そのすべてから気配がせつらについてくる。通路から通路へ、穴から穴へ。

兵士を始末した連中であろう。

5

四つの気配がせつらの四方に舞い下りた。

せつらが歩みを止めた。その頭上からもうひとつ。

そいつらは、岩盤をよじ登り、岩場を移動するため、異様に強靭《きょうじん》な筋肉を備えた腕と長い手指足指を持ち、暗黒での視覚《しかく》の代わりに、超人並みの聴覚《ちょうかく》と触覚《しょっかく》、嗅覚《きゅうかく》を持っていた。獲物を狩る道具は三〇センチ近い折り畳み可能な爪であり、身を護《まも》る術《すべ》は——

妖糸が迎え討った。

だが、その手応えを感じた刹那、せつらの胸には一点の驚愕《きょうがく》が生じたに違いない。確かにチタン鋼の刃《やいば》は敵の肉を裂いた。だが、内臓を斬撃《ざんげき》する前に、滑ってしまったのだ。敵の全身は奇怪な脂肪《あぶら》に塗り込められていたのである。だが、肉を裂く激痛にそいつらは次々にのけぞり、牙を剝きつつ身を翻《ひるがえ》すや、もと来た穴へ吸い込まれて行った。四すじの血の帯が朱色に乱れ走って、岩盤と床にとび散った。

「むむむ」

とせつらは呻いた。いや、単なる発声としか聞こえない口調だが、彼の左ふくらはぎから足首にかけて、血の帯が流れているではないか。即死を免《まぬが》れた敵の一撃であった。

素早くハンカチで血止めをし、妖糸で傷口を縫合《ほうごう》してのけた。

痛みは残るが、何とか歩くのに不自由はない。

せつらの身体は音もなく宙に浮いた。地上三〇センチほどを滑らかに進んでいく。天井や壁の岩の出っぱりに巻きつけた妖糸が、彼の指先の動きでもってその身を運んでいくのだった。

遠くで銃声が鳴った。一発きりだ。

せつらは妖糸を一〇〇メートルも前方の天井へ放った。

一気にその距離をとんだのは、振り子の要領であった。

それを四度繰り返すと、奇怪な一角に出た。

空中に着地し、通路の右方の岩場に横たわるものを見下ろす。

それは数百本の触手で一〇〇メートル四方を埋め尽くした何かのミイラだった。触手を思いきり伸ばせば、一本が数キロに達するであろう。妖糸を送った手応えは軽石に近い。触手に覆われた通路の真ん中に、やくざがひとり倒れていた。眉間《みけん》を射ち抜かれている。顔は恐怖より狂気に歪んでいた。恐らく、このミイラを見て、これまでの疲労とこれからの絶望の相克《そうこく》によって錯乱してしまったのだ。こんな道中での足手まといは処分するしかない。

風が鳴った。風を生じさせた石塊《いしくれ》は、せつらの後頭部から五〇センチほどのところで数個の破片に分断された。切り口はガラスのように滑らかであった。

大人の頭ほどもある石塊は四方から投ぜられ、ことごとくせつらの周囲で地に落ちた。

妖糸による防衛網――〝糸とりで〟であった。先刻の戦いではこれを使わず、手傷を負ってしまったのだ。

重傷を負いながら逃げた地底の住人たちが仲間を連れて追尾《ついび》して来たのだ。

せつらの頬を矢のようなものがかすめて、たちまち二つに裂けた。細い矢――というより太さからいえば石槍《やり》だ。〝糸とりで〟を構成する妖糸の隙間《すきま》を縫ったものである。

「研究の余地あり」

〃糸とりで〃のことだろう。せつらは飛翔を再開した。

その前後左右から岩と槍の飛来はなおも続けられた。

空中ではなく、天井と壁と地上を疾走《しっそう》する影へと、妖糸が迸《ほとばし》った。

今度こそ首を切断された身体が血をふり撒きつつ落ちてくる。自らとび下りてくる奴は、〃糸とりで〃の上でバラバラになった。

まさしく大量殺戮だ。

だが、その張本人の顔は限りなく茫洋として、限りなく美しい。頬に散った鮮血の赤も闇の中でその美貌こそが正しいのだと告げているようだ。

「この岩の陰に隠れて！」

耳もとで女の声が響いた。せつらが一も二もなく〃糸とりで〃をほどき、その岩陰にとび込んだほどの力に満ちた声であった。


その頭上を、かたわらを、無数の灰色の触手が流れた。

せつらを追うものたちは、たちまち巻き取られ、凄まじい速度で連れ去られた。捕縛《ほばく》されながらつるりと脱《ぬ》け出すものもいた。せつらの妖糸から致命的な効果を奪った脂肪《あぶら》は、この触手から逃れるためのものだったのである。

あっという間に追跡者は散った。

触手も消えてから、せつらはすぐに横を見た。

伸枝だった。せつらが〈メフィスト病院〉で見た服装のままだ。傷を負っているふうにも見えない。

触手の消えた方を見やってから、せつらへ笑いかけた。

「もう大丈夫よ。それじゃ」

「ちょっと」

伸ばした手の先から、女の笑顔が遠ざかった。妖糸を使おうとした瞬間、右腕に凄まじい痛みが走って、せつらは試みを放棄した。

痛みが去ったのは五分以上過ぎた頃であった。痛みの原因は不明だ。

道の前方を見つめて、せつらは溜息をついた。

「上も下も〈魔界都市〉」

そのとおりだ。だが、その顔は微笑を浮かべていた。これこそが、彼の――秋せつらの世界なのであった。

ふたたび宙に浮いて、せつらは飛翔を開始した。


上の時間でいうと午後八時頃だろうか。せつらの道は不意に途切れた。彼方に光が溢れている。

ひととびでその中に身を躍らせ、せつらは、へえ、とつぶやいた。

道は峠《とうげ》の頂《いただき》のごとく下へと滑り落ち、峨々《がが》たる山塊《さんかい》のようにその左右を飾る巨岩の平原の彼方に、途方もなく巨大な建造物が姿を現わしたのだ。

何処からともなく差す光は微妙に変化し、その腕《かいな》の下に粛々《しゅくしゅく》と並ぶ光景に光と影の揺曳《ようえい》をつけていた。

せつらは黙々と道を下った。これまでの調査団の誰もが未発見の巨大な遺跡――地上に知れれば、またも人類の起源や文明の勃興《ぼっこう》期について大論争が展開するだろう。

「ここかなあ」

せつらの関心はそれであった。先刻彼を救い、彼の下を去った伸枝が、ここへやって来たのかどうか。眼前に広がる地底王国にも、壮麗《そうれい》なる遺跡にも、関心の断片すらなかった。

下りの道は階段状になっていた。何万年か何十万年か前に、ここを昇り下っていった者たちがいたのだ。

下りれば左右は奇石の原である。物理的均衡《きんこう》を無視した岩の組み合わせが、塔か砦のようにそびえ立ち、道の左右を固めている。

遺跡までは二〇分ほどかかった。

地上から中央の門らしき建物まで幅五〇〇メート

ルもの大階段が一〇〇段はあるだろう。階段がしかし、それだけではなく、指のように前方八指に広がり、おびただしい石楼《せきろう》へと昇降者を導《みちび》き、そこからさらに指を左右に、新たな石楼へと伸びている。

これは都市なのか、それとも。

一〇〇段を一気に上昇して、せつらは門の内部《なか》に入った。

広場であった。彼方には長方形の建造物と尖塔《せんとう》と煙突らしきものが居を構えていた。

何かが飛んで来た。

ロケットに似ている。

妖糸が迎え討つ前に、左横からとび出した真紅《しんく》の巨影が立ちふさがった。

爆発も爆風も生じなかった。ただし――影は消えてしまった。それこそ髪の毛ひとすじ残さず、異空間に呑み込まれてしまったのである。

「こっちだ」

いきなり腕を取られ、右へ――地下への階段があった。

転げ落ちるように駆け下りたときにはもう、せつらは相手の正体に気づいていた。

三郎であった。

「上にいたんじゃ？」

親指をたてるせつらへ、

「そのつもりだったけどよお。やはり心配でついて来ちまった。何度も見失って往生《おうじょう》したぜ。けど、凄《すげ》えもの見つけたなあ」

感嘆の眼差《まなざ》しで四方を眺め廻すやくざを、こちらもしげしげと見つめ、せつらは、

「あの道をついて来た？」

「おお、大変だったぜ。武器つったら、この拳銃《チャカ》一挺《ちょう》きりだしよ」

とベルトにはさんだリボルバーを叩いて見せた。

「仲枝はこの奥だよな。一緒に行こうや」

「さっき、ロケット弾から庇《かば》ったのは？」

「ああ、おれが操縦してた石のロボット――ちゅう

か機械人間さ。仕組みはからきしだが、操り方は簡単だったぜ」

「後をつけて来たんじゃないのか？」

「あんたが、あの手足の長い奴らとやり合ってるときに追い抜いたんだよ。先に着いて、あれこれ調べてたんだ。少しはわかったよ」

「何が？」

「説明するより、あっちへ行こうや。そこでわかるぜ」

二人の落ちたところは、地下の通路であった。せつらが妖糸を送る前に、

「こっちだ。こっちだ」

と先を取って進む。

たちまち広場の下を渡って、石扉の前に来た。縦横一〇〇メートルもある。

三郎が壁についた小さな把手《レバー》を下げるや、扉は鉄と鉄とが噛《か》み合うような音をたてて上がっていった。

「入るぜ」

後を追ったせつらの前に、巨人族が使うような投石器が並んでいた。

城壁を破壊するための中世の投石器と酷似《こくじ》しているが、遥かに単純な構成である。投げるのは石にあらずロケット型の先の尖った円筒だ。

「次元孔《じげんこう》ミサイルとでも」

とせつら。これを食らった石の機械人形は、異次元の帳《とばり》の彼方へ消えてしまったのだ。

「兵器庫」

とせつらは言った。同じ兵器がこれだけまとまっているところが他にあるとは思えない。

「これだけじゃないぜ。製造もしてたんだ」

三郎は奥へと向かった。

せつらもついて行き、へえ、と言った。

三郎の言うとおり、作りかけの戦車としか言えないものを筆頭に、ミサイル発射装置やら大砲らしいものやらが、未完の形で一〇〇台、二〇〇機と石の

台に載っている。何処にあるかもはっきりしない壁際には、それらの部品が山積みで、いつか訪れる出番をたぶん永久に待っている。

すべて石製のそれを、さすがにしげしげと眺めて、

「超古代――ようやく生命が生まれた頃の武器だ。誰がこしらえた」

「形はおれたちの知ってる武器そっくりだけどよ。効果は違うみてえだな。ドカンといくところを、ぱっとかよ」

三郎も首をひねっている。機械人形がぱっと消されたのがよっぽど印象的だったとみえる。

これに米軍が気がついたのだ。古代の超兵器に手をつけたところがないように見えるのは、単なる先発隊だったのかもしれない。いずれにせよ、〈新宿〉当局に隠れて、第二、第三の軍団が派遣《はけん》され、確保、搬送となるのは間違いない。

「どうする？」

三郎が訊いた。

「どうって？」

「この兵器だよ。政府に売りつけたら、たちまち億万長者だ。ハリウッドの女優だって札ビラで好きにできるぜ」

チンピラやくざの顔には〝金儲《もう》け〟と書いてある。これが三郎の夢らしかった。

「誰かが見つけて何とかする。それより」

「――そうだ、伸枝だ⁉」

三郎は拳をふった。思い出せば、他のことはとりあえずどうでもいいと見える。

「ど、何処にいる？」

「これから」

「そ、そうかよ。けど、ここにいるのは間違いねえ。早いとこ見つけて連れて帰ろうぜ」

「これはどうする？」

「そんなもん――後だよ」

「はい」

せつらの声は、妙に穏やかであった。

彼は奥の方を見た。戸口がある。扉はついていない。

そこを抜けたとき、女の悲鳴が聞こえた。

「伸枝だ！」

三郎が走り出した。

6

三郎の足に迷いはなく、階段を駆け上り、通路を曲がり、別の石段を下りて、壮大な地下の一角へと飛び込んだ。

やくざたちがいた。四人だ。二人を見て、助かったとも、敵が来たとも言えそうな表情を作った。

「お、おまえら――」

と立ちすくむ三郎に、全員が驚きの表情を作った。

「てめえ――サブ。まさか――」

右手に握った米軍のM44を構えようとするが、身体は数分前からがんじ搦《がら》めである。

「てめえら、こんな地の底まで、よくも追っかけて来やがったな。おい、伸枝はどうした？　悲鳴はここで上がったぞ」

「ああ。あの女を見つけたのさ。ところが消えちまったんだよ」

「なにィ？　ふざけたことぬかすな」

「嘘《うそ》じゃねえよ」

別のひとりが叫んだ。

「おれたちゃ、ここへ来て、中をうろついているうちに、ここへ迷い込んじまったんだ。どうしたもんかと困ってたら、あの女が来て、こっちへおいでと手招きしやがる。へっ、こっちは好都合だ。口封じする相手が向こうから出て来たんだからな。だから、一発ぶち込んでやれと銃を向けたら」

「――消えちまったんだ」

と三人目が言った。ぼんやりした声は、どこかせつらに似ていた。

「寝言は寝てから言いやがれ。それじゃ化物《ばけもの》だ。さ、どこ行ったか正直に――」

三郎はいちばん前の男の胸《むな》ぐらを摑んで拳をふり上げた。

その身体に――いや、やくざたちの全身にも灰色の触手が巻きついたのは、次の瞬間だった。

この一角は奥の部分の床が幅二〇メートルほどに渡って大きく傾斜し、右方の穴へと降下していたが、触手はそこから出現したものであった。

洞窟の奴らを絡《から》め取ったのと同じ、とせつらは判断した。三郎たちと同時に彼に絡みついた触手は妖糸が切り落としたが、穴からはおびただしい数が出現し、襲いかかって来た。

妖糸は迎撃以外の任務も負った。

せつらの命を受けて、触手の出て来た穴を滑り落ちていく。

一〇〇――二〇〇――三〇〇――四〇〇――

次々と現われる触手を斬りとばしながら、深いな、とせつらは思った。

妖糸が着いた。

穴の底にそれはいた。ミイラになったのは、その仲間か妻か夫か子か？

直径一キロに渡って、ぶよぶよと波打つ汚怪《おかい》な塊《かたまり》。頭部と一体化した胴体部は蛸《たこ》に似て、あちこちが熱泥《ねつでい》のごとく弾《はじ》けてはガスのようなものを噴出させている。触手はその下からひり出され、殆《ほとん》どは胴体に絡みつき、ほんの一部が地上へと伸びているのだった。

悲鳴が上がり――流れて――穴に吸い込まれた。

「むむ」

と洩らした身体をまたも触手が巻き取り、穴の方へ。

せつらは触手を切り離すや、コートのポケットから閃光弾を摑み取り、安全リングを抜いて穴の中へと放った。もう一個。

すでに落ちかかっていた身体は、そこで停止し、せつらは下方へ眼を凝らした。

　白光が二度点ったのは、数秒後であった。地下五〇〇メートル超――そんなところだろう。周囲で蠢く触手が一瞬のうちに穴の底へ吸い込まれる。そこに棲息《せいそく》しているものは、超古代の存在が作り出した兵器工場の防禦《ぼうぎょ》システムのひとつだったかもしれない。そして、光に弱いのは、ミイラの眼が異様に細く小さなことでわかっていた。

「間に合わなかったか」

　さして気にするふうもなく、宙に舞うや、平らな床に着地した。

　やくざはともかく三郎は何とかする必要があったが、せつらは彼に関して別の考えを抱いていた。

「大丈夫?」

　ふり向くと、伸枝がこちらを見つめていた。

「よく来てくれたわね。嬉しいなあ」

　眼には涙が光っていた。

「いつから、ここに?」

「あんたのところへ行く前に、サブちゃんが逃げ出してからよ。さっきの連中に追われて、前から聞いてたマンホールの下へ逃げたの。まさか、こんなところに着くって思わなかった」

「よく逃げられたね」

「必死だったからね。でも――何にもならなかった。サブちゃん、病院で――」

「おれなら、ここだぜ」

　二人の横に三郎が立っていた。よく見れば、せつらが病院へ運んだときと同じ服装だ。

　伸枝が微笑した。

「来てくれたのね」

「おお。おまえを放《ほ》っとくわけがねえだろ? ちゃんとここにいるぜ。化物め、光に眼がくらんで、おれを放り出したんだ」

　二人が抱き合うのを、せつらは黙って見つめ、それから背を向けて、戸口の方へ歩き出した。

「感謝するぜ。なあ」

三郎の声には、心がこもっていた。

「ホントにありがと。嬉しかったよ」

せつらは片手を上げた。

それが別れの挨拶《あいさつ》。

二人の気配が消えた。

女は男を助けようと、せつらの下を訪れた。男は女を捜し出そうと死亡した病院から戻って来た。いつから知っていた？　こう考えても答えは出なかった。

せつらの口元には微笑が浮かんでいた。

後は——ここから出るだけだ。

何処かから獣のような唸り声が漂って来た。

せつらは早々に遺跡を出た。これが何であろうと、これからどうなろうと、せつらには無縁であった。

ふり向きもせず歩き出したとき、妖糸が奇妙な——あり得ない手応えを伝えて来た。人間。それも。

せつらは地を蹴《け》った。

二〇〇メートルを跳《と》んで眼の前に着地すると、そいつはひええと後じさってから、眼を丸くした。

「君は——秋くんか!?　こんなところで何してる？」

「あなたこそ。視察？」

「ま、散歩だよ」

薄闇の世界で、梶原〈区長〉は小さくかぶりをふった。

「散歩」

「わしが〈区長〉に就任する前から、〈区長室〉には、ここへ抜ける通路があってね。わしもはじめてここへ出たときは驚いた。まさか、〈区長室〉の壁のすぐ向こうにこんな世界が広がっているとはな」

「いつ気がついた？」

「ざっと四年と少し前だね」

「何もしなかった？」

「いや、いずれ、とは思っていたのだが、何かこうズルズルと今日まできてしまった。大体、こんなものを我々がどうこうできると思うかね？」

「名所になるかも」

「ま、〈亀裂〉にも似たのがあるし」

「面倒臭い？」

「うーむ」

否定ではなかった。

「あの中へ入った？」

「とんでもない」

梶原は右手をふった。

「おかしな声も聞こえるし、物騒な奴がうろついていたら敵《かな》わん。たぶん、誰も入ったことはないはずだ」

「へえ」

「他に気がついたものもおらんようだし、もうしばらくはこのままにしておこうや。〈区外〉の自衛隊や米軍が目をつけるはずもない。ひとり、目ざとい警備員がいて、どうやら壁の秘密に勘づいたらしいのだが、心臓麻痺で亡くなってしまった。気の毒なことをしたわい。わしの散歩コースにしておくのが一番だ」

「なるほど」

「それでは、これで。そうだ、どこから入って来たのか知らんが、その出入口は塞いでおいてくれんかな。人間以外のものが入って来ても困るし。〈区長室〉への出入口は——そこだ」

梶原は自分の背後の岩陰を指さし、今日は新しいコースとつぶやいて、右方の岩場の方へ歩き出した。

せつらも指示された方角へ歩き出す。斜めに傾いた円柱の陰に、石の扉みたいなものが見えた。手を触れると、易々《やすやす》と右へ移動し、黒い内部を覗かせた。

「地下数千メートルへ散歩に来る道か」

やれやれと言いたいところだったかもしれない。

踏み込もうとした瞬間――

梶原の悲鳴が聞こえた。

岩陰の梶原の下へ駆けつけた。

石の像みたいに突っ立ったまま、前方の地面を指さしている。

女の死体が横たわっていた。

せつらは眼を閉じ、何かつぶやいた。祈りだったかもしれない。

「あなたの出入口から運び出す許可を」

「〈区民〉かね？」

「ええ」

「なぜわかる？　知り合いか？」

梶原は胡散臭《うさんくさ》げな眼差しを向けた。

「依頼人です」

「依頼人？　――君はこの死体の主を捜しに来たのではないのか？」

「そうです」

「それが依頼人とはどういうわけだ？」

「色々あって」

「何を言っとるんだ」

「地上でも、地の底でも人は生きてます。人以外のものも」

梶原の表情がゆるんだ。その辺の理解は早い。〈魔界都市〉の六期連続〈区長〉は伊達《だて》ではないのである。

「よろしい。許可は出せんが、内々に処理しよう。責任者は君だ」

「はい」

やけに素直に受けたが、何を企《たくら》んでるんだ、という表情を梶原はした。

「いいかね――」

念を押しかけ、彼は沈黙した。

せつらは足下の死体にもう一度眼を閉じていた。取るに足らないやくざを、死してなお救おうとした女の亡骸《なきがら》に。

出入口へと歩み去る世にも美しい後ろ姿を、〈区長〉は黙然《もくねん》と見送り、それから秘密の楽しみに戻っていった。


その日の昼下がり、不意に訪れた若者がサングラスをかけていたにもかかわらず、板東茂美《ばんどうしげみ》はめまいを覚えた。

何とか持ち直しても、もう直視はできなかった。

「何の――」

御用でしょうかと訊く前に、若者はポリ袋に入ったひどく古ぼけた封書を取り出し、茂美に手渡した。

表を見て、主婦は頬を強張《こわば》らせた。

「昔の住所ですね。捜してくださったの？」

相手は黙って立っている。何か返事が欲しいのだろうかと思った。

「――夫からですね。前の？」

「はい」

「七年前に今の夫《ひと》と再婚しました。そうお伝えください」

「いえ。わかってらっしゃると思います」

と若者は応じた。

「そうでなくても、こちらには二度と伺《うかが》いません」

「――あなた、親しいんですか？」

「いえ」

それでもわかる。ある日突然、地上のすべてを擲《なげう》って地底へと消えた男の行動ならば。たとえ、そのこころは見当がつかなくても。

「それなのに――でも、信じます。ありがとうございました」

女は頭を下げた。

一礼して、せつらは背を向けた。

「あの」

その声に痛切なものを感じて、足を止めた。

訊きたいことはたくさんあるんです。何処にいるの？　今は何をしているの？　風邪は引いてない？　食事はちゃんとしてる？　世話をしてくれる女《ひと》はいるの？　どうして、あたしたちを捨ててしまったの？

だが。

数秒の間を置いて、せつらはまた歩き出した。

バス停への角を曲がるとき、糸が伝えて来た。

女が手にした封書を破りはじめたと。三度破って、スラックスのポケットに押し込めたと。それから家の中で焼いてしまうだろうと。

在《あ》りや無《な》しやと

1

〈新宿区〉の人口、約三〇万人。

大した数でもない。

だが、あなたの知人をつまんで、この中へ落とし、さて捜《さが》し出そうとしても――

見つからない。

まして、相手があなたに会いたくない、としたら――なお。


初秋の昼であった。

それが妖気《ようき》に包まれたものであろうとも、〈新宿〉の自然は〈区外〉に増して四季の訪れには敏感だ。

夏の葉は黄味を帯び、風は寂寥《せきりょう》を奏《かな》ではじめる。

そして、秋《あき》せつらはオフィスの近くに出来たばかりの、コンビニに付属するダイナー――軽食堂で、ビーフステーキ・サンドとミルクシェイクを愉《たの》しんでいた。

何処《どこ》へ行ってもこの国らしいコンビニとは別に、ここだけは、生まれた国の雰囲気を漂《ただよ》わせていた。目立たない狭い店が、いつも空《す》いているのは、それがさりげないせいかもしれない。また、今日という日に限れば、〈魔震《デビル・クエイク》〉が多いからだ。――せつらが感じただけでも一二回。今も収まったばかりだ。

奥の壁を飾るエドワード・ホッパーの「ナイトホークス」（夜更《よふ》かしたち）のごとく、楕円《だえん》形のカウンターには、初老の店長と若いウエイトレスが入り、客を迎える椅子《スタンド》は計一〇脚――それだけの店だ。色彩も照明も派手さを殺し、ここにいると、外はいつも深夜ではないかと思われる。

時折生じる客たちの会話は、別れ話ではないか。いや、ごくたまに、別の話がやって来る。

薄いステーキ・サンドを平らげ、最後のミルクシェイクを飲《や》ろうとしたとき、ドアが開いた。

秋の風を運んで来た男は、足早にせつらに近づき、隣のスタンドに腰を下ろした。外から確かめておいたらしい。

「アメリカン」

と注文し、

「酒のある店にいてほしかったぜ」

と話しかける風体《ふうてい》も、声も顔つきも、その筋《すじ》の人間のものだ。ただし、コートの下の上衣《うわぎ》は、その襟《えり》に金バッジをきらめかせていなかった。

せつらはそっちを見もせず、こっちも返答を待たずに、

「女を捜してくれ」

ポケットから大ぶりの茶封筒をカウンターへ置いた。

「みんなここに入っているが、写真だけはねえ。支払いは中のカードを使ってくれ。暗証番号もメモしてある。急で悪いが頼まれてくれ」

「けど」

「大事な女なんだ。あっちがその気にならねえと会うこともできんが、あんたなら人丈夫だ。向こうからやって来る。こんなにいい男が世の中にいるたあ思わなかったぜ」

マスターが置いたコーヒーカップを摑《つか》んで、ひと口飲ると、男は口を押さえた。背中を激しく震わせて咳《せ》き込む。

カウンターに赤いものが散った。

わお、と眼を見張ってから、マスターはあわてず、背後のウエイトレスへ、救急車をと指示した。

「やめろ」

男は凄《すご》みのある声でウエイトレスを釘《くぎ》付けにし、

「すまねえな。保《も》つと思ったんだが。もう出てく。後は頼んだぜ」

とせつらの肩を叩《たた》いてから、一〇〇〇〇円札を置いてスタンドを下《し》りた。コートの左側がずれて、上衣の胸の赤い染みを一同にさらした。

「心臓？」

とせつら。

「いや、肺だ」

「名前は？」

しっかりとした足取りを止めて、

「忘れてたか。『虎島商会《こじましょうかい》』の安長《やすなが》だ。二日前に破門されたから、もとだがな」

にやりと笑った顔に、せつらは死相を見たかもしれない。胸を押さえた。

「これも、そのせいよ。とにかく頼んだぜ。見つけたら、その後どうするかは、女に訊《き》いてくれ」

じゃな、と残して、安長は出て行った。

せつらはスタンドに戻った。

五秒ほどして、肩をすくめた。

マスターが、

「どうしたね？」

と訊いた。

「ばったり」

ウエイトレスが、ああと呻《うめ》いてトレイで口もとを覆《おお》った。

「警察を呼ぼうか？」

とマスター。

「いや、もう通行人が」

「どうして、わかるんですか？」

とウエイトレスが訊いた。せつらの方を見ないのは言うまでもない。初回で魔法にかかったのだ。

「ところで――余計なお世話だろうけど――今の依頼、受けるのかい？」

マスターの問いに、せつらは首を傾《かし》げ、勘定《かんじょう》を済ませて外へ出た。

「夜また来てくれよ」

マスターが声をかけた。

「うちは陽《ひ》が沈んでからが本番なんだ」

せつらは片手を上げた。了解の意味か、ただのさよならかはわからない。

店から一〇〇メートルばかり離れた舗道《ほどう》にコート姿が倒れていた。

職業不明の若いカップルが面倒臭そうな顔で見下ろしていた。遠くからパトカーのサイレンが近づいて来た。

せつらは黙《だま》って通り過ぎた。カップルも男も見ようとしなかった。

オフィスへ戻ると、卓袱台《ちゃぶだい》に茶封筒を置いて中身を取り出した。

家を出たのは、それから三〇分と経《た》っていなかった。


「虎島商会」は〈高田馬場《たかだのばば》〉一帯を根城《ねじろ》にする暴力団である。構成人員は五〇人弱の中堅だが、〈区外〉の大組織が〈新宿〉進出を企《たくら》んだとき、単身迎え討《う》ち、完膚《かんぷ》なきまでに叩きのめした剛のものだ。

六人ばかりが、花札やチンチロリンにふけっているところへ、せつらは顔を出した。

ふり向いた奴《やつ》らが、片端から陶然《とうぜん》となるのへ、

「安長さんって、もとこちらの組員？」

六人の中で、一番の年配らしい男が、何とか凄みのある声で、

「組員じゃねえ。社員だ」

「連絡先がわからないんで——これ返しに来た」

茶封筒を手近のテーブルに放った。

我に返った男たちが跳《と》び上がった。爆発物、憑《ひょう》依《い》体《たい》、呪物《じゅぶつ》——敵対組織の変則攻撃も〈新宿〉ならではだ。

「ま、待ちやがれ！」

年配の男が、トカレフを抜いた。他の社員たちも拳銃を構える。

「中身は何だ？　開けてみろ！」

「心配性の暴力団」

怒りのあまり引金《ひきがね》を引きかねない台詞《せりふ》もせつらが口にすると、その響きだけで、凶漢どもは気が遠くなってしまう。

だらしなく揺れる銃口の前で、せつらは封筒を取り上げ、中身をテーブルの上に振り出した。

全員安堵《あんど》によろめいた。

「じゃ」

出て行こうとするせつらへ、

「安長って――てめえ、知り合いか？」

「いや、依頼人《クライアント》。死んだけど」

「こっちへ来い」

年配の男が、凶悪を通り越して獰猛《どうもう》な顔つきになった。

「安長との話を詳《くわ》しく聞かせてもらおうか」

「そのレポートに書いてある女性を捜してくれと頼まれた。名前しかわからない。写真もないので断わりに来た」

レポートの内容は、女の名前と会った日時と場所が記《しる》されているだけであった。

「レポートがそうでも、現実はそれじゃ済まねえんだ。奥へ来な」

「何も知りたくないんだけど」

断わると決めた依頼である。


「そうはいかねえんだよ」

別の若いのが近づいて、背中を押そうとした。

突然、手首から先が消えた。

男の爪先《つまさき》あたりで、鈍《にぶ》い音がして、手首が転《ころ》がった。

訳《わけ》もわからず棒立ちの男を尻目に、男たちは引金を引いた。指は動かなかった。

全員の手が一斉《いっせい》に床に落ちた。

ようやく凄《すさ》まじい悲鳴と血煙が事務所に渦《うず》巻いたとき、ドアが開いて恰幅《かっぷく》のいい和服の老人が入って来た。背後に二人ガード役を従えている。

老人は惨状《さんじょう》にも眉《まゆ》ひとすじ動かさず、じろりとせつらを見て、ガード役に待てと止めた。二人も拳銃を抜いたところであった。

軽く頭をふって、

「久しぶりだな――色男」

かけた声も虚《うつ》ろだった。

「また派手にやってくれたもんだ。おい――中条《なかじょう》医師《せんせい》を呼べ」

ガード役のひとりが、はいと応じて走り出した。

中条医院は隣である。

「ご存じ？」

とせつらは訊いた。社長の虎島東吾《とうご》の名は知っているが、会った記憶はない。

「二カ月くらい前に、安田《やすだ》組の倅《せがれ》の結婚式に乗り込んで、花嫁をかっさらっていったろ。あの時、おれも出ていたんだ。いやあ、止めようとした親父《おやじ》もお袋《ふくろ》も倅当人も、両腕を落とされ、しかも、子分どもは何かに縛《しば》られて身動きひとつできねえ中を、花嫁を連れて飄々《ひょうひょう》と出て行った。おれはあんなに水際立《みずぎわだ》った殴《なぐ》り込みを見たことがねえ。花婿の腕を切り落とした犯人を、あんなにうっとりと見つめてる花嫁もな」

「まだ籍は入ってなかった」

「そうか、それでかっぱらいに来たんだったな。後から聞いたよ。他に彼氏がいたのに、横恋慕《よこれんぼ》した安田の倅に襲撃されて死亡。お袋さんがあんたに奪還を依頼したんだってな。何にしても大したもんだった。で――今日は何だい？」

「安長さん」

この状況でもにこやかなやくざの福相が突如《とつじょ》、仁《に》王《おう》像に変わった。だが、すぐに苦々《にがにが》しいだけのそれに戻って、

「こうなった以上、おれも只《ただ》じゃあんたを帰せねえ。ま、上がってくれ。話はそれからだ」

と奥の階段の方へと顎《あご》をしゃくった。

虎島の後について歩き出したとき、ようやく医者と看護師が駆け込んで来た。

鮮血の中に白衣が鮮《あざ》やかであった。

安長はこの女とつるんで、組のプールしておいた麻薬を〈区外〉へ横流ししたものであった。総額は一〇億超。発覚寸前に逃亡し、虎島は全組員に捜索と抹殺《まっさつ》を命じた。それから、せつらに気になること

を言った。
——安長を射《う》ったのは、うちの者《もん》じゃないぜ
安長が「あざみ」と記したこの女を、虎島も見たことがない、と告げた。
——いい女てのは、身体《からだ》もよくって、色っぽい美人、あそこの具合もいい——これに尽きるんだが、おれたちの世界じゃ幸運を運んで来る——いわゆるアゲマンを指すんだ。その意味じゃ、この女はいい女たあ言えねえよ
その理由として、
——おれもこの名前の女のことは耳にした覚えがある。よく知ってる男が引っかかっちまってよ。さんざん貢《みつ》がされた挙句《あげく》にポイ捨ての目に遭《あ》った。その男はてめえで首をくくったよ。組の金を大枚《たいまい》持ち出しやがった上、止めようとした古参の組員を射ちまう。おい、頼むから見つめるな。気持ちが挫《くじ》け殺した。勿論《もちろん》、女を捜したさ。ところが、〈新宿〉の何処でも、知ってると言う奴は出て来るんだが、当人はどんな顔して何処にいるとなると、さっぱりなんだ。それどころか、噂《うわさ》だけで会ったことはねえとぬかしやがる。そのくせ、みんなうっとりと、いい女らしいぜと眼を細めるんだ。まるで女優に憧《あこが》れる餓鬼《がき》みてえによ。こっちは、その噂の出所《でどころ》をたぐっていくしかねえ。結局わかったのは、誰も会ったことのねえ、又聞きの女だってことさ。なあ、多分そんな女——存在してねえんだ
「幽霊？」
とせつらは訊いた。
——おれもそう思った。ところが、会ったこともねえ奴らが全員、そんなことはないと否定しやがるんだ。殴りかかってくる奴がいたのにゃ驚いたぜ。そうそう——思い出した。半分くらいが、女のいるって店へ吹っとんでいったが、出てった後だったそうだ。女の席にはぬくもりが残ってて、灰皿には吸いかけの煙草《たばこ》が置いてあったってよ。勿論、グラスと酒もな

「なら目撃者はいたはずだ」

とせつら。

——ところが、店の連中の話がまた面白《おもしれ》えんだ。こうなるともう怪談だぜ。ある店じゃ、女が入ってきたとき、バーテンは棚の酒をチェックしてた。ママは奥にいた。ホステスは別の客と談笑中だった。女がスタンドに着くと、その瞬間、バーテンは瓶《びん》を落としてしまい、ママはまだ奥にいた。ホステスは気にもしなかった。ママがいると思ってたと言うんだ。注文はトム・コリンズだった。バーテンはすいませんと言いながら、壊れた瓶の破片を始末して、ようやく立ち上がると、女の姿はなく、トイレのドアが閉じるところだった。その間にバーテンは酒をこしらえて女の席に置き、破片の残りを片づけたそうだ。そこへ、ドカンと来た。何と店の外で車同士が正面衝突したんだな。店へ影響はないかとバーテンはとび出し、ホステスも続いた。車はペシャンコで、二人とも半分外へ投げ出されていた。こりゃいかんと駆けつけて、何とか引っ張り出して、ほっとした途端《とたん》、またドカン。多分、カー・ライターが漏《も》れたガソリンに引火したんだろう。助け出した二人を安全な場所まで引っ張り込んで、携帯で消防車を呼んだ。一〇分かそこらでウーウーと来た。〈メフィスト病院〉の〈救命車〉も一緒だ。消防士に事情を話し、二人を乗せてから、ようやく店へ戻ったら、女はおらず、きれいに空けられたグラスの側《そば》に一万円札が置いてあった。ママもいたので、女のことを訊いたら、ママが店へ出たときはもういなかったという。他の客は酔っ払って全員眠りこけていたそうだ。つまり、やって来た女は、誰の眼にも触れず酒を注文し、一杯飲ってから、これも誰も知らないうちに店を出たってことになる。不可抗力とはいえ、気味が悪いっちゃ最高に悪いわな。他の店の話は省略させてもらうぜ
せつらは、うーむと言った。

——そう言や、あんた人捜し屋だってな。ちょう

どいい。その女を捜してくれ。金に糸目はつけねえ。誰も会えない女でも、あんたみてえなハンサムなら別だ。向こうから出て来るぜ。後はこっちで落とし前をつけるよ

「いいでしょ」

せつらは承諾《しょうだく》した。

「ありがてえ」

虎島はテーブルを叩いた。何か服用《や》っているのか、分厚い黒檀《こくたん》のテーブルに、深い亀裂が走った。

料金を告げて、せつらは立ち上がった。

ドアの前まで行ったところで、重く沈んだ声が、

「組の金をその女に貢いだって奴な——あれはおれの倅なんだ」

巨漢の眼に光るものがあった。せつらが気づいたかどうかはわからない。

美しい影は部屋を出た。何も言わなかった。

2

〈余丁町《よちようまち》〉の一角にそびえるマンション群は、別名〝幽鬼の群れ〟と呼ばれる。〈魔震〉による直撃は蒙《こうむ》らなかったものの、一年後にコンクリは剝《は》がれ、鉄骨は腐敗し、入居者には病没が相次いだ。一年と少しで五千余の住人全員が入れ替わり、一年後にはもう一度——こうやって数年が経過し、現在の住人たちは八代目とも言われている。その多くはホームレスと〈区外〉からの〝避難民〟である。〝歴史的〟とすら評される経済不況は、世界的規模の宇宙開発、海洋開発が失敗に終わったせいでさらに慢性化し、世界で唯一、繁栄の名がふさわしい都市への人民の移動を招いた。

驚くべきことに、〈区〉ではこれを放置した。理由はすぐ明らかになり、〈新宿〉はまさしくもうひとつの名前——〈魔界都市〉がふさわしいと世界中

から糾弾《きゅうだん》される。第一次——二万人を超す〝避難民〟の九割九分《ぶ》は、一週間以内に死亡乃至《ないし》行方不明になってしまったのだ。

「〈魔界都市〉と名のつく街へ来た以上、リスクは負《お》うことになる」

その〈区長〉発言がまた火に油を注ぎ、〈新宿〉とそれを擁《よう》する国は、国連総会で悪罵《あくば》を浴びることになった。

それでも〈区外〉からの流入は続き、また九割九分が削られ、生存人員の多くは、〝幽鬼の群れ〟に住みつくことになった。

陽ざしが白昼の力をやや失った頃、その一室で二つの肉体が妖《あや》しくその光に溶けていた。

女の長い喘《あえ》ぎはいつの間にか絶叫に変わり、引き裂かんばかりにシーツを摑み揺する手は、たくましい腿《もも》の肉に顔を埋《うず》めた男を大いに歓《よろこ》ばせた。

秘所への舌戯《ぜつぎ》が開始されて二〇分以上になる。

もう駄目《だめ》、やめてとの哀訴《あいそ》もすでに消え去り、声もなく腰を揺すって逃げようとしても、腿を押さえた男の力が許さない。

女が腰を浮かした。男も手を離す。

男の顔をくっ付けたまま、女は腰を上げ、ゆっくりと横へ下ろした。

「よし」

「——早く」

鼻孔《びこう》から漏れる吐息が告げたように聞こえる。

男は前進し、腰を合わせた。

「続けて突いて、止めちゃ駄目」

「よ、よし」

肉と肉とがぶつかる音が上がりはじめた。

女は豊かな乳をふり乱し、ついに鷲《わし》摑みにして揉《も》みしだいた。

チャイムが鳴った。

「誰か——来たわよ」

「放《ほ》っとけ。ここのロックは特別だ。専用のキイ以外は絶対に開かねえ」

「――でも、誰よ？」

「秋と申します」

二人が驚きの声を上げるまで、二秒を要した。声は寝室のドアの内側で聞こえたのである。

愕然《がくぜん》とふり向き、女は倒れた。前方に立つ若者の美貌《びぼう》に、性戯《せいぎ》に狂っていた心臓が、束《つか》の間《ま》、鼓動《こどう》を停止してしまったのだ。

男も数秒をかけて、

「誰だ、おまえは？」

と訊いた。声はでれでれだ。

「秋と申します。人捜し屋です。長谷川啓作《はせがわけいさく》さん？」

「人違いだ。どうやってロックを外した？」

「〝糸まかせ〟で」

「なにィ？」

凄んでも迫力はゼロだ。

「奥さまがお待ちです」

美しい若者は言った。ひと目見た以上、男――長谷川は蜘蛛《くも》の糸にかけられた虫だ。

「女房？　義子《よしこ》か？　死んでも戻らんぞ。死んだほうがましだ」

「わかります。ですが、こちらも仕事で」

せつらの脳裡《のうり》には一五〇キロ超の夫人の写真が点滅していたかもしれない。珍しく弁明に近い口調であった。

「待ってくれ。金なら出す。倍、いや三倍でどうだ？　〈金粉虫《きんぷん》〉を手に入れたんだ」

〈新宿〉でも五年に一度しか発見されないと言われる貴重な虫である。何しろ土を食って黄金を吐くのだ。体内に元素転換炉を持っているとしか考えられないそれは、〈新宿〉の全住民垂涎《すいぜん》の的《まと》であった。

「ま、とにかく」

せつらの声と同時に、全身を見えない何かに呪縛《じゅばく》され、長谷川は立ち上がった。いや、引っ張り上げられているのだ。彼は声も出せなかった。

「服を着せてくれ」

「面倒だ。代用」

せつらが言うなり、二秒と置かずに奥からバスタオルがとび来《きた》って、不器用に、しかし強く長谷川を抱きしめた。

せつらの柳眉《りゅうび》が少し寄った。

「女性は？」

「あれは関係ねえだろ」

「何処へ？」

「え？」

長谷川は左右を見廻《みまわ》し、

「そう言や、何処行った？」

「お名前は？」

「な、なんでそんなこと訊くんだ？」

「憑依体かも」

「えーっ!?　——あ、あざみだ」

せつらは窓の方へ眼をやった。数ミリ開いている。前もってロックを外してあったのか。手すりの端《はし》に緊急脱出用の簡易エレベーターが見えた。ワイヤーに足場だけを嵌《は》め込んだもので、リモコンひとつで、昇降を可能とする。速度調整は——自然落下もOKだ。

女は全裸で逃亡したものに違いない。

妖糸《ようし》を放ったが、手応《てごた》えはなかった。

虚ろな長谷川の表情が、不意に変わった。

「あんた——あいつの裸を見たな」

せつらは困惑《こんわく》した。

見た——と思う。ロックを切断して侵入した際、二人とも気づいたふうはなかった。眼の前のバスタオル男は記憶にある。隣に女もいた——だろうか？　記憶はNOと言った。あのとき——名乗った瞬間、数秒に亘《わた》る立ちくらみがせつらを襲ったのだ。そして、去ったとき、女の姿はなかった。

「聞かせてほしいことが」

せつらはこう話しかけた。

「な、何だい？」

「答えてくれたら、お礼します」

「ほ。ほんとか⁉」

「はい」

絶望の権化《ごんげ》みたいな長谷川の表情に、希望の朱がさした。

だが、たちまち怒りにどす黒く染めて、

「その前に――見たな？」

「見たはずですが、記憶にありません」

「見たんだな？」

「うーむ」

「放せ、殺してやる」

長谷川は身悶《みもだ》えし、不可視の縛《いまし》めを外そうと全身を震わせた。バスタオルに赤い染みが広がりはじめた。肉を裂く痛みを無視し得る怒りとは、信じ難《がた》い現象であった。

「畜生《ちくしょう》――自由にしろ。あざみの裸を見た奴は、おれが殺してやる」

「また会いたい？」

「え？」

長谷川は何もかも忘れてせつらを見た。また呆《ほう》けた面を被《かぶ》る。

「会えるのか？」

声は震えていた。

「特別に」

「――わかった」

即答であった。むくつけき顔がひどく生真面目《きまじめ》な――噴《ふ》き出しそうなくらいの――表情を選んでいた。それをむしろ崇高《すうこう》に見せているのは、炎のような恋慕であった。真正の恋に身を灼《や》いているのだった。バスタオル男は、

「答えるだけでいいなら、何でも訊いてくれ。だが――あんた、本当にあざみに会わせてくれるのか？」

せつらはうなずいた。

長谷川も、同じ動きを繰り返し、

「これだけきれいな顔してるんだ。信じるよ。だがな。あざみに会えたら、その後で殺してやる」

「はいはい」

せつらは、何処か嬉《うれ》しそうに言った。

「では――」

長谷川を〈早稲田《わせだ》ゲート〉の前で待つ夫人に引き渡してから、せつらは〈大久保《おおくぼ》〉へと向かった。

「約束だぞ」

がっちり腕を決められた長谷川の悲痛な叫びが、耳の奥で揺れていた。

「おれは地獄のような家へ戻るが、いつまでも待ってるぞ」

すでに闇が世界の支配に取りかかっていた。

すれ違う男女が、せつらを一瞥《いちべつ》するや棒立ちになって美しい夢を見はじめる。束の間の夢であろうとも。

目的地は、〈新大久保駅〉近くの木造アパートであった。〈魔震〉の直後に、住民たちが自力で再建した建物だが、復興後もそのまま使われているものが何軒もある。

玄関から入って、せつらは微笑した。

裸電球ひとつの薄暗い玄関、コンクリの床に置かれた長い踏み台、木の靴箱――あまりのアナクロぶりに好意さえ感じたのである。

しかも右手に、管理人室とプレートのついた木のドアが立っている。

小さな窓が開いて、白髪の老婆《ろうば》が顔を覗《のぞ》かせた。

3

「何かね？　あんた誰？」

細め具合からして、かなり眼が悪いらしい。険《けん》のある声だ。窓の下では、武器を握っているのだろう。

「四号室の寺護《じご》さんに」

「今、いないよ」

「何処？」

「あんたいい声してるねえ。濡《ぬ》れちゃいそうだわ」

「それはよかった。ところで——」

「逃げ廻ってるよ」

「何から？」

老婆は手元の眼醒《めざ》まし時計を引き寄せ、

「はン、じきにわかるよ。ここで待っといで」

「いや、結構」

「そうかい、残念だねえ」

婆《ばあ》さんが引っ込むと、せつらは天井と床へ眼をやってから、ひょいと後ろへ反《そ》った。というより倒れた。身体は約七五度で停止した。

はたからは奇術のように見えるが、言うまでもなく上下斜《なな》めに渡した二条の糸に身を横たえただけである。せつらの休憩タイムだ。

一〇分としないうちに、学生らしい住人が帰って来て、美貌とおかしな寝方の二刀流に、憮然恍惚《ぶぜんこうこつ》たる表情で二階へ上がって行った。

明らかに住人ではない、コートを着たレスラーみたいな連中がやって来たのは、それから二分と経っていなかった。

四人いるところを見ると、寺護という住人は、それなりに手強《てごわ》いらしい。

階段の横で斜めのせつらを見るや、

「何だ、こいつは？　ふざけやがって」

「おい、てめえは寺護の仲間《なか》か？」

と威圧《いあつ》したつもりが、もう半ば腑抜《ふぬ》け状態だ。

「実弟」

とせつらは答えた。これには一同顔を見合わせ、形容し難い表情になった。

「ふざけるな、この野郎。兄弟が似てるとは限らねえって、ものには限度ってもんがあらあ。てめ、何者だ？」

「モデルの実弟」

「まだ言い張るか」

ごつい面構《つらがま》えが怒りにどす黒く変わった——ものの、どこか迫力に欠ける。

それでもひとりが前へ出て、せつらの胸《むな》ぐらを摑もうと――伸ばした手が、人差し指と中指の間から手首まで、しゅう、と割れた。そこまで気がつかなかったのは、あまりの切れ味のよさに、神経が反応できなかったせいだ。

ぎゃっ!? と、押さえた手から鮮血が溢《あふ》れ出し、別の男が、何が起きたかもわからぬくせに、

「この野郎」

と殴りかかったその手は、肘《ひじ》下一〇センチから斜めに断《た》たれて、残る二人は凍りついた。

みるみる血の海と化す床を見て、

「ちょっとお、掃除してってよ」

と婆さんが、また顔を出した。

応じる者はない。四人の男は激痛に狂いかけた二人を含めて、金縛《かなしば》り状態に陥《おちい》ったのである。

犯人はといえば、相も変わらず空中に身を横たえたまま、

「〈新宿探宝組合《たんぽう》〉?」

と訊いた。この街のあちこちに眠る古代の遺物や未知のエネルギー体等を探し出して〈区外〉の好事《こうず》家《か》や博物館などに売りつける組織の最大手だ。その手口やライバルへの攻撃は凶悪無惨《むざん》なことでも知られる。寺護はとんでもないものに手を出したと見える。

「商品に手をつけられた?」

半ば眠ったような問いだが、答えるほうは死ぬ思いで、

「そ……そうだ。一億相当の……古代遺物を……かっぱらい……やがった」

「〈亀裂〉の文明?」

「そう……だ」

世界と〈新宿〉とを隔絶《かくぜつ》する幅二〇〇メートルの裂け目の内部で発見された古代遺跡――そのひとつだ。

従来の考古学、民族学の系統からは到底解析《とうていかいせき》不能のため、世界中の碩学《せきがく》の注目の的だ。当然、小石ひ

とつ、植物の化石一個でも〈新宿区〉の〝財産〟に認定され、持ち出しは許されない。〈新宿探宝組合〉の連中は独自に新しい遺跡や宝物を探《さぐ》っては極秘裡《ごくひり》に発掘、隠匿《いんとく》して、莫大《ばくだい》な財を成しているとされる。

　まさしく〈探宝組合〉のメンバーは、地の底まで寺護を追い詰めるだろう。

「ここに寺護さんがいなかったら、次は何処へ行く予定だった？」

「……〈天神町《てんじんちょう》〉の〝グレース・ピア〟……ってマンションだ……そこに家族が……」

「その次は？」

「……〈荒木町《あらきちょう》〉の……バー『カルメンお吉《きち》』……もう……張ってる」

「どーも」

　せつらと会話した男を除く全員が、白眼を剝《む》いた。

「こ……殺した……のか？」

　男の顔も死相に埋もれている。

「立ったまま失神。車は外？」

「そうだ」

「では、清掃会社へ電話」

　男は不意に自由になった右手で携帯を操《あやつ》り、近くの会社を見つけて連絡を取った。

　支払いも〈探宝組合〉がすることに決まった。

「それじゃあ」

　窓からこっちを覗いている老婆にひと声かけて、せつらはアパートを出た。失神中の男たちも全員、のろのろと先に進む。彼らの車に三人を押し込めてから、残った男に、

「あざみって知ってる？」

　と訊いた。茫洋《ぼうよう》たる声だ。屈強《くっきょう》なやくざなら、ふざけるなとなるだろう。それを素直な気分にさせるのは、骨まで食い入る得体《えたい》の知れぬ痛みだが、それを味わっている当人は、違うと言うだろう。もっと凄いものだ。ただし、何とは言えないが、と。

男は呆然《ぼうぜん》と、

「誰だ、そりゃ?」

せつらはじっと男を見て、

「わかった」

と言った。嘘《うそ》をついていないとわかった、の意味だろう。

「忘れよう」

途端に、解放の呪文《じゅもん》を聞いた土巨人《ゴーレム》のごとく、男はへなへなと崩《くず》れ落ち、地べたへ倒れる寸前、ひょいと立ち上がって車へ乗り込んだ。

いずれ通行人か巡回の警官に車ごと見つかっても、男の記憶は妖糸が刺し抜いたとおり、一週間は失われ、あざみの名を聞いても反応ひとつ示すまい。〈探宝組合〉の手がそちらへ伸びることはない。

せつらが寺護と〈探宝組合〉の名を知ったのは、長谷川からである。

あざみと付き合った男の名前と立ち廻り先を、のんびりクエスチョン・プラス地獄の苦痛で問い詰めた結果だ。

長谷川が知っていたのは、寺護正太《しょうた》と原栄《はらさかえ》の二名であった。寺護は〈探宝組合〉のメンバー、原は街頭の始末人——殺し屋である。長谷川自身もこの街では妖虫《ようちゅう》の闇販売人だ。

——〈歌舞伎町《かぶきちょう》〉で全身に虫籠《むしかご》ぶら下げて立ちんぼしとったら、あざみのほうから声をかけて来たのさ。始末をつけたいヒモがいると言ってな。こっちはそれが商売だ。何なら虫だけじゃなく、人間の力も貸すぜと言ったら、聞かなかったことにするってよ。粋《いき》な台詞じゃねえか。惚《ほ》れちまったぜ。虫を売ったら挨拶《あいさつ》もなく去《い》っちまったんで、何とかもう一遍《いっぺん》会えねえかと思っていたら、半月ほどして、ひょっこり顔を出した。今日は虫じゃない。あなたに会いたくて来たって、泣かせるじゃねえか。その晩はホテルで夢心地《ゆめごこち》よ。それからずるずると続くようになって、たまたまあいつがおれの部屋へ来てたときに、あんたが押しかけて来たってわけだ

「同棲《どうせい》じゃなかった？」

――ああ。だが、何処に住んでるのかも、誰といるのかも教えやしなかった。男はいると思ったが、生活臭が全くねえ女だった。写真？　これも撮らせねえんだ。一枚もねえ。ま、おれの胸の中には、死ぬまであいつが笑ってるんだ。いつ死んでも本望《ほんもう》さ。〈区外〉だろうと、地獄だろうと行ってやる。せめて、もう一度会えさえすりゃあなあ

今、せつらの足は〈荒木町〉の一角で止まった。眼前のネオンが店名を映していた。

「バー　カルメンお吉」

外におかしな雰囲気はない。

店内には嬌声《きようせい》が満ちていた。カウンター以外の席はほとんど埋まり、せつらが腰を下ろしても、バーテンが来るまで少し時間がかかった。

たちまちへなへなとなるバーテンへ、

「寺護さん、来た？」

何とか持ち直したバーテンは、

「ああ。さっきまでいたよ」

「え？」

「あんたの隣の席に。女が来て、水割り一杯で出てっちまったが」

と指さした。今そこにいる天パーに革《かわ》ジャンの暴走族ふうが、じろりと睨《にら》んだ。

「一〇分くらい前までいたよ」

「その女――あざみって名前？」

「けど不思議な女でね。何度か一緒に来てるんだが、おれは一度も顔を見てないんだ」

「次は何処へ？」

「さてなあ。うちも久しぶりだったし、昔なら――『ロードランナー』かな」

〈四谷駅《よつや》〉前のバーである。

「どーも」

せつらはスツールを下りた。

「待てよ」

と声がかかった。

天パーの革ジャンだった。

せつらはふり向きもせず、足も止めなかった。

「待てつってんだろ、この野郎」

迫力に欠ける声が、スツールを下りた。せつらの横顔を見てしまったらしい。

「おめえ、あざみの何だ?」

せつらが足を止めたことで、革ジャンは調子に乗った。店内がざわめき、バーテンがお客さん、と止めた。革ジャンが拳銃を抜いたのだ。ひと目でそれとわかる天下の安物拳銃――ペーパー・ガンである。それでも近距離で一、二発なら問題がない。弾丸は真っすぐとぶ。

「あざみの彼氏か? その面《つら》であいつを引っかけたのか? え、どうなんだ?」

引金にかけた指が、ぐいと引かれ、革ジャンは石と化した。

「あざみの元カレ?」

質問する以上、答える状態にはしてある。

革ジャンは激しく頭を縦にふった。

「元じゃねえ。今もだ。別れを切り出されても、おれはオーケイしなかったんだ。だから、まだ続いてるんだ。邪魔なんかしやがると――いいや、もう邪魔者《もん》だ。ここで始末をつけてやらあ――お、畜生。指が動かねえぞ。畜生畜生畜生」

男は涙を流していた。

女のために人を殺せないのが、とても口惜《くや》しいのだ。もうひとり――同じ理由でせつらを殺すと宣言した男がいた。

せつらは黙って店を出た。

〈新宿通り〉の方へ歩き出したとき、背後で幾《いく》つもの気配が動いたと、〝探り糸〟が伝えて来た。〈探宝組合〉の張り込み要員だろう。

ひとりが右手を上げた。筋肉の動き具合で、武器を持っているとわかる。それを向けた以上、この美しい若者の精神《こころ》は金縛りではすまさない。

確かに手首が落ちるくらいではすまなかった。

背後で銃声が上がったのだ。武器を上げた男がのけぞった。続けて二人が倒れ、銃声は熄《や》んだ。射ったほうは引金を引き続けているが、弾丸《たま》が出ないのだ。ペーパー・ガンが真価を発揮《はっき》したのである。

「邪魔すんな、てめえらみいんな殺してやる。そいつを殺していいのは、おれだけだ」

革ジャンの声であった。

「やかましい、この気〇〇〇め」

野太い声に銃声が加わった。自動拳銃《オート》の乱射だ。張り込みがまだいたのだ。苦鳴《くめい》が上がり、地面に重いものが落ちた。

少なくとも、ひとりの男が、愛するあまり殺人を犯したのは確かだった。

殺された理由《わけ》も。

すでにせつらは角を曲がっていた。縛られていた革ジャンが、いつ解放されたのかはわからない。

4

「ロードランナー」へ入ると、せつらはスツールに腰かけ、シャーリー・テンプルを注文した。ノンアルコール・カクテルの代表選手である。隣の席には中身が入ったカクテルグラスと灰皿が置かれている。灰皿の煙草はフィルターに口紅が赤い。

バーテンは、はいと応じたが、普通はこいつオカマか？　という眼つきになる。そうならないのは、もうイカれているからだ。

「寺護さん、来てない？」

「いえ、ここしばらくは」

ママが応じた。せつらの顔を見た以上、嘘はつけない。

「あざみって女性《ひと》は？」

二人は顔を見合わせた。

ママが隣の席を指さした。

「今、来てるわよ」

さすがに、せつらも、

「え？」

と放った。

ママは奥の方を見た。トイレらしい。

だしぬけの遭遇《そうぐう》であった。これは会わざるを得まい。

不意に世界が揺れた。

「〈魔震〉だ！」

「でっけえぞ！」

客たちの声に、ホステスの悲鳴が重なり、

「ここ違法建築よ。逃げて！」

とママが叫んだ。

棚の酒瓶《さかびん》がまとめて落下し、天井の梁《はり》がきしんだ。

我先にととび出す連中の中で、せつらだけが、奥の方を見つめていた。

「お客さん——早く！」

カウンターを出たママが、せつらの腕を摑んで引いた。その手首から先がとびかねない状況だが、今回は善意だから無事である。ママのほうがバランスを崩してよろめいた。

ふわりと浮いた。せつらが横抱きにして舞い上がったのである。

歪《ゆが》んだ戸口から外へ出た。途端、揺れは熄んだ。せつらの耳には〈魔震〉の笑い声が聞こえたような気がした。

余震が二度過ぎてから、せつらは店へ戻った。壁はあちこち剝げているが、天井は無事だ。

灰皿の上で煙草が煙をたなびかせている。

トイレのドアは開いていた。誰もいない。戸口から出るのは無理だ。

せつらは妖糸をとばした。

トイレの横に裏口のドアがあった。

異常はなさそうだ。

ドアに鍵はかからない。

すぐに出られる。

「またか」

せつらは少しうんざりしたように言った。

地震、雷、火事、親父というが、せつらが〈新宿駅〉の方へと歩き出したとき、雷鳴が夜空を揺すりはじめた。

「前触れかな」

せつらの目的地は〈東口〉の廃墟《はいきょ》の近くにプレハブの店を出している定食屋であった。

七〇過ぎの老夫婦が〈魔震〉以前からやりくりしっ放しのところを見ると、子供たちは別の仕事に就《つ》いたか〈魔震〉の犠牲になったかであろう。

〈新宿通り〉まで上ると、忽然《こつぜん》と廃墟が出現する。時間は滅亡の時へと戻り、永久に停止するのであった。

通りを渡り、〈紀伊國屋《きのくにや》書店〉前から〈南口〉へと抜ける道を進むと、かつて〈新宿国際劇場〉と呼ばれた瓦礫《がれき》の横に、「山海《さんかい》定食」のネオン看板が慎《つつ》ましく点《とも》っている。

尾《つ》けてくる気配にせつらは気づいていた。

一〇人いる。

せつら目がけて放射されているのは、火のような怒りだった。

この仕事を始めてからのやり口を考えれば、相手方の怨《うら》みを幾ら買っても文句はつけられない。何度か狙《ねら》われたこともある。その類《たぐい》だろう。

店へ入ってはまずい。敵を始末するのに片々《へんぺん》たる躊躇《ちゅうちょ》も持ち合わせる若者ではないが、巻き添えは避けられれば避けたいくらいの気遣《きづか》いはあるらしい。

店の前を通り越して五、六メートル進むと、気配は消失した。

背後からパトカーのライトが近づき、追い抜いて、陸橋の前を左折して消えた。〈亀裂〉の向こうは〈渋谷区〉になる。

念のため立ち止まってみたが、それきりだった。

後戻りして、立てつけの悪いガラス戸を開いた。

今日はじめての、まともな食材の香りが鼻を衝《つ》いた。

「らっしゃい」

六人掛けのカウンターの向こうから、店主の挨拶と炒《いた》めものの音がやって来た。

せつらと気づいたか、

「あ、頼むよ」

言われてせつらはサングラスをかけた。料理人がとろけては、味つけもへちまもあったものではない。

「肉野菜炒め定食と冷奴《ひややつこ》。あとハムカツ」

「へーい」

「はーい」

後のほうは女房である。薄目でせつらを覗いている。サングラス付きでも、まともに見られない。美しい魔法にかけられてしまうから。


先に冷奴が出た。

醤油《しょうゆ》をかけたとき、新しい客が入って来た。戸口に垂《た》らしてある〝探り糸〟が、女だと告げた。

せつらの隣に来た。

「あら、おいしそう」

香水が匂った。いい趣味といえた。

カウンターの上には、煮物や酢のものが何種類かずつ並んでいる。

女は壁の品書きを読んで、

「肉野菜炒めと――冷奴」

後のほうはせつらのを見てだ。

店主が、あいよと応じた。

「それ、おいしい？」

女が訊いた。

「はあ」

「ごめんなさい――奴《やつこ》、売り切れだわ」

女房がすまなそうに言った。

「あら、残念」

女はせつらの手元を見て、

「少しいただいてもいいかしら？」

「はあ」

「嬉しい！　ありがと」

店は箸《はし》ケースに割箸を入れている。一膳《いちぜん》取って、

「いただきます」

半分ほど残った頭のところをつまんで持っていった。

「おいしい。染み渡るわ。ご馳走《ちそう》さま」

と箸を置いた。

「あざみさん？」

と、せつら。

「あら、一度もこっちを見なくてもわかるんだ。凄いわ。あなたも〈魔界都市〉の住人ね。ね、どうしてわかったの？」

「『ロードランナー』のカウンター。同じ香水だった」

「顔ばっかりじゃなくて、鼻もいいのね」

「そりゃそうよ――うちの常連さんだもの」

女房であった。怒りと侮蔑《ぶべつ》の響きがあざみを打った。

「失礼しました」

と返してから、女は女房に聞こえない程度に落として、せつらへささやいた。

「わかってる？　嫉《や》いてるのよ」

「ああ」

「この罪作り」

肘打ちが来た。なぜか――当たった。

「ぐ」

「あ、ごめんなさい」

と詫《わ》びる眼の前に、派手な音を立てて冷奴の皿が置かれた。実はあったらしい。

あざみは肩をすくめて、

「おー怖《こ》わ」

カウンターの向こうで、さすがに主人が、女房を睨みつけた。女房はそっぽを向いた。

「どうして出て来た？」

と家庭不和の原因があざみに訊いた。

「出て来たって、お化けみたいに言わないで。ハンサムに弱いのよ」

勿論、声はひそめている。

「けど、会えなかった」

「偶然でしょ。意図的に誰かを避けたことなんかないわ」

「へえ」

せつらは特に疑わなかった。〈新宿〉だ。そんな場合もあるだろう。

「どうして、ここへ？」

「さっきの〈魔震〉の後からずっと尾けていたの」

「他にもいた？」

「ええ。私の前に一〇人くらい。あなた狙われてるわ。ま、それだけハンサムなら、彼氏がいようが、人妻だろうが、女のほうでとび込んで来るでしょ。あなたはいるだけで、男の敵なのよ」

「はは」

「平気の平左《へいざ》ね。慣れてるんだ」

あざみは心底《しんそこ》感心したように言った。

「一緒に来てもらう」

途端に、あざみは満面に喜色《きしょく》を浮かべた。しあわせ、というのはこの顔だ。小さく小さく、

「ホテル？」

「いや、『虎島商会』のボス」

「え？」

あざみは眼を見開いた。せつらが何者か、何をしに来たのか、この期《ご》に及んでも知らなかったらしい。考えてみれば、せつらが彼女のいる場所で、いるかいないか尋《たず》ねたのは、一度きりなのだ。

「君が貢がせて捨てた男の父親」

言い終わるや、あざみは噴き出した。

「見損《みそこ》なわないで。これまで一遍だって自分から貢いでくれなんて言ったことないわ」

「別のねだり方もあるから」

女房が憎々しげに言い、店主によせと咎《とが》められた。

せつらが首をかしげて、

「すると、みな勝手に?」

あざみはうなずいた。

せつらはその顔を見つめた。歓びのあまり、その瞬間を忘れたくないと自殺者が出てもおかしくない眼差《まなざ》しである。

だが、そこにいるのは、それなりに整った顔立ちの、それなりの印象の娘であった。男たちの激情をあおりたてる術《すべ》など秘めているとは想像もできなかった。

「ごめんなさいよ」

店主がカウンターの向こうからあざみを見つめていた。

「どうしても黙ってられなくてね。いや、お姐《ねえ》ちゃん、わかるよ」

女房と——せつらが店主へ眼をやった。せつらは恐らく驚いたのだが、女房の凝視《ぎょうし》は——野郎、やっぱり気《い》がつきやがったか、だ。

「あの」

言いかけたせつらの前に、肉野菜炒めの皿を置いて黙らせ、

「あんたにゃわからねえんだよ。自分がきれい過ぎるからな。だけど、他の男にゃよくわかる。こんないい女の子、絶対に他にゃいねえぞ。何人死んだか知らねえが、みんな本望だったろうぜ。あんたを追っかけてる親父も、会《あ》や納得するって。なあ、みんな」

声は店内の他の客へ向けたものである。

驚いたことに、狭いとはいえ親父のボソボソ声に、みながおおと応じ、

「わかるとも」

「えらい別嬪《べっぴん》だな、お姐ちゃん」

「女房叩き売って、貢いでもいいぜ」

中には立ち上がって、のこのこやって来て、

「おれと付き合ってくれや」

しかも、真顔《まがお》だ。

「ふざけるな。何でこんないい娘《こ》がおめえみてえな阿呆面《あほづら》と」

店主が男の席を指さして、とっとと帰れと喚《わめ》いた。泣きそうな顔の女房が、えっ!? と眼を見張った。店中の客が立ち上がり、あざみを取り囲むや、必死の形相《ぎょうそう》で口説《くど》きはじめたのだ。それが気にくわないと、客同士が罵《のの》り合い、ついには掴み合いの喧嘩《けんか》になった。店主の出番だが、これが仲間に入って客を小突いたりしはじめたから救われない。

そのうち、銃声が轟《とどろ》いた。店主が胸を押さえてよろめき――傷だらけのリボルバーをふりかざした小男が、どきやがれと威嚇《いかく》した途端、四方から客たちがとびかかって袋叩きにされた。誰も死を恐れない――絶対にあり得ぬ状況が小さな定食屋で生まれているのだった。

ひとりが、血走った眼をせつらに向けた。

「この野郎――ひとりで何食ってやがる!?」

「肉野菜炒め」

別の誰かが、

「それはおれの分だ。おれのほうが先だぞ、てめ、どさくさに紛《まぎ》れやがって」

怒りの視線がせつらに集中した。

せつらは箸を置き、

「それじゃ、これで」

言うなり、男たちは、ぐう、と呻いて、動かなくなった。

その首に食い込む痛みは、彼ら以外にはわからない。

これも呆然と立ち尽くす女房の前に、札が一枚置かれた。

「僕の分」

「あ、あ。はい。今お釣《つ》りを」

受け取って、素早く確認してから、

「どーも」

せつらは、うんざりしたようにそっぽを向いているあざみの肩を、軽く叩いて立ち上がった。

苦悶《くもん》に歪みきった男たちの表情に怒りがふくれ上がった。絶叫とともに、せつらへ躍《おど》りかか——ろうともがき、首から鮮血を噴いた。女房が恐怖のあまりへたり込む。

「やれやれ」

他人事《ひとごと》のようにのんびりと、凄惨《せいさん》な現場を見渡し、美しい若者は娘と連れだって店を出た。

5

〈新宿通り〉へと向かいながら、

「慣れてるね」

とせつらは指摘した。自分を巡《めぐ》る男たちの狂躁《きょうそう》を、娘はおぞましげに、しかし、いたましげに見つめていたのだった。

「そうね」

否定はしない。それが娘の胸中の虚無《きょむ》と無惨さを表わしていた。

「それで、人前に出なくなった」

とせつらは続けたが、あざみは首を横にふった。

「そんなこと考えたこともないわ。〈魔界都市〉だって、人と関わらなくちゃ生きていけないもの」

「何をして？」

「これでもピアノ弾《ひ》きなのよ。大したことないから、話題にもならないけど、ひとりでやっていく分には、何とか困らないわ」

「お店は？」

「次は〈歌舞伎町〉の『ミスティ・ナイト』。明後日の零時《れいじ》から弾いてるわ。聴《き》きに来て」

「その前に」

茫たる物言いにも、あざみは柳眉をひそめた。

「それ何とかならない？」

「ならない」

「向こうは怨んでるんでしょうね？　あなたの息子

さんが勝手にお金を作って援助してくれようとしたけど、断わったら、勝手に自殺しちゃったんです——こう言っても駄目かな」

「多分」

「逃がしてくれ、と言っても駄目よね」

「ダメ」

「わかった」

溜息《ためいき》をひとつついた。諦《あきら》めたらしい。

「どうする？」

今度はせつらのほうが気になったとみえる。

「いったんは向こうへ行っても、何とか逃げ出すわ。心配しな——してないわよね」

「はは」

「そのほうが私も気が楽。でも、逃げ出したら、またあなたの隣に坐《すわ》るわよ。ねえ、レストランへも行くの？」

「たまに」

「お気に入りのメニューは？」

「ハンバーグ・セット。ライスで」

あざみは眼を閉じて、また嘆息《たんそく》した。

「いいわ、それでも。肉野菜炒めよりはマシ。今度、ご馳走《ちそう》して」

「やだ」

「ケチねえ」

あざみは呆《あき》れたようにせつらを見つめ、あわてて眼をそらした。

もと「KAWANO」のところを左へ折れると、〈駅〉の〈東口〉へ出る。左右は瓦礫の山だ。右方の「ビックロ」の廃墟など、そのスケールから峨々《がが》と形容してもいい。

「山海定食」を出てから尾けていた気配が、足音に変わって二人を取り囲んだ。六人だ。素手である。

殺気が冷たく吹きつけて来た。

「気がついてたらしいな」

ひとりだけ紺《こん》のスーツにネクタイの男が、サングラスの向こうからせつらを見つめた。全員装着している。せつらについて多少は詳しいらしい。

「ひと思いに殺《や》っちまうこともできたんだが、依頼主《クライアント》が事を荒立てたくねえというんでな。大人しくその女を渡してもらおうか」

「やだね」

にべもないせつらの返事であった。

「なにィ？」

「しゃべり過ぎ」

「——この餓鬼《がき》。やっちまえ」

と顎をしゃくったが、誰も前へ出ないのでふり返り、スーツ姿はあっと眼を剝いた。

五人の男たちは、夜目にも両眼を虚ろに見開いたままで凍結していたのである。

「てめえ」

「ひとり解放」

言うなり、一番屈強な男がその場へ崩れ、かろうじて踏ん張った。両手で全身を揉む。その顔に生気と——憤怒《ふんぬ》がふくれ上がった。いきなり手も足も出せなくされた暴力のプロの屈辱《くつじょく》が、殺意の射程内にせつらを捉《とら》えていた。

その姿がかすんだ。

薬物による加速処理を受けているのだ。常人の数倍の速度で繰り出されるパンチとキックを人は躱《かわ》せるはずもなく、同じ速度で移動する男に反撃するのも不可能だ。

悲鳴が上がった。

せつらの背後で、男は右手を押さえつつ後退した。人さし指と中指の間に生じた裂け目は手首まで続いていた。鮮血が地面を叩く。せつらの周囲に張り巡らされたチタンの糸がガードしているのだった。いわく〝守り糸〟。これが集まると〝糸とりで〟になる。

男はめげなかった。死への恐怖は薬で抑えてある。上段蹴《げ》りがせつらのこめかみへ——そして、足首から先がとんだ。

地上でのたうつ身体を見ようともせず、凝固《ぎょうこ》し

た男たちへ顎をしゃくって、

「バラバラにしてもいいけど」

「この餓鬼ゃあ」

スーツ姿には必殺の武器があった。右眼に仕込んだレーザー・ランチャーである。発射は義眼内部の筋力調整器が担当する。美しい若者の右眼を射抜いてやるつもりだった。

せつらは右眼に違和感を感じた。

見えざる糸が、男の顔を真横に向けさせた。真紅《しんく》の光条《こうじょう》が闇を貫《つらぬ》き、瓦礫の一部を蒸気に変える。

首は戻らなかった。

鋭い痛みが食い込んでくる。除こうとする手はぴくりとも動かなかった。

「質問」

せつらが右手を少し上げて、

「何者だ？」

とぼける余裕など、とうに消えている。スーツ姿は喘ぎ喘ぎ、

「……『鷲垣《わしがき》組』の者《もん》だ……おれは……若衆頭の……鳴滝《なるたき》だ」

「誰に頼まれた？」

「……組の決定……だ……その女は……〈新宿警察〉の大物と……出来てる……」

「へえ」

せつらは、背後のあざみに眼をやった。

あざみは眼を丸くした。

「嘘よ――梨本《なしもと》さんとは何にもないわ。向こうが勝手に熱を上げて」

「貢ぎ物」

「私は男の人に物をねだったことなんか一度もないわ」

せつらの眼は鳴滝に戻った。

「否定してる」

「――裏は取ってある。梨本は結婚するつもりだと……触れまくっているそうだ」

「また」

あざみは疲れきった表情になった。

「どうして、男っていうのは、身勝手な思い込みばかり――あの人はただのお客よ。お店の外じゃ二度食事したことしかないわ」

「そんなこと……誰も信じやしねえ。おれたちにとっても……そのほうが好都合だ……あいつを強請《ゆす》るネタになるからな……警察について知りたいことは……山ほどあるんだ。それに……あんたの言い分はともかく……誰に聞いても……梨本は……あんたに惚れきって……る……拉致《らち》して脅《おど》しゃあ……何だって漏らすさ」

「なぜ、今まで待ってた?」

鳴滝は動揺した。

「前から狙ってた……ところが……どうしても……会えねえんだ……店へ乗り込んでも……帰りを待ち伏せても……おかしな具合にすれ違っちまう……正直、今日も諦めてたんだ」

「ふむふむ」

激痛の中で、やくざはうすく笑った。

「なあ……訊いてみてくれ……や……今夜出くわしたのは……ハンサムに……惚れたせいか……ってな……お?」

せつらもふり向いた。

あざみはいなかった。

巻いた妖糸に手応えはない。

「やられた」

せつらは黒髪をかき上げた。見ていた鳴滝が、恍惚の呻きを放った。

「さて」

とつぶやくと、

「……心配するな……あんたが行くところへ……あの女は……ついていく……虜《とりこ》になった野郎どもも……な。じき、我慢できなくなって……現われるさ……」

「それはどーも」

「もてる男は……得だな……え? ぎゃ!?」

石と化したやくざのかたわらで、せつらは黙然《もくねん》と夜空を見上げていた。

それからの二日間、おかしな事態が相ついだ。

まず、隣家への放火であった。初日の深夜に誰かが通りからガソリンのたっぷり詰まった火炎瓶《かえんびん》を投げたのだ。

強風であった。火はたちまち家を呑《の》み込んだが、火災センサーが消防署と家人に急を知らせ、人的損害はゼロであった。

「どーも。この度《たび》は」

見物と見舞いを兼ねて訪れたせつらへ、隣家の主人は一応礼を言ってから、

「うちは、他人に怨まれる覚えはないのだが、まさかお宅と間違われたんじゃないでしょうな？」

さすがに、夫人が、あなたと止めたが、せつらは内心、可能性は大きい、と溜息をついた。

本格的なトラブルが勃発《ぼっぱつ》したのは、二日目であった。

別の仕事の情報を得ようと、外谷良子《とやよしこ》に会うべく〈西武《せいぶ》新宿駅〉近くの廃墟へ出かける途中で、当人と出くわし、並んで歩いているところを正体不明のドローンに機銃掃射された。全弾外谷の尻に命中。〈救命車〉へ収容するまで、あんたと間違われたのよ、貸しよ、貸しよと喚き散らされた。耳にはさんだ救命士がそれだけはあり得ませんと口をはさみ、乱闘になりかけたのを機に、せつらは別の情報屋のオフィスへと向かった。

前の客の話が長引いているからこちらで、と女秘書に別室に通され、ふと悪戯心《いたずらごころ》が湧《わ》いて、会見の場へ妖糸を走らせた。

ちょうど別れるところで、情報屋がドアを閉め、こうつぶやいた。

――また、あざみかよ

情報を得てから、売れっ子がいるねと水を向け

た。当人もだいぶ溜《た》まっていたらしく、独白だぜと断わって、ここ半年で一〇〇人近い客がやって来たという。

「どいつもこいつも、その女の虜になって、そのくせ誰も写真一枚持ってねえんだ。話を聞くと、途方もなくいい女だ。ちょっと信じられねえが、ま、あんたやドクター・メフィストを知ってりゃそう頭から否定もできんわな」

それから、おれのとこには、ピアノを弾いてるという以外、全く情報が入ってこねえんだ。これも珍しいぜとつけ加えた。

せつらの胸の中には、しばらくの間、二つの単語が揺曳《ようえい》していた。

一〇〇人。

ヤバそ。

そこで得た情報を元に、〈内藤町《ないとうまち》〉〈荒木町〉〈坂町《さかまち》〉と廻ったが、収穫はなしであった。確保すべき〈区外〉のドラ息子は、あと一歩のところで行方をくらましていたのである。

あざみ、という名前が脳裡に浮かんでは消えた。

この間にもせつらは違和感を感じた。誰かに見られているような気分が抜けないのである。監視というほどではないが、ある意図を持って、ひとときも視線を離さない。〈第一級危険地帯《ファースト・デンジャラス・ゾーン》〉へ入ってみたが、人っ子ひとり見えないのに、違和感はいつまでも付きまとった。妖糸をとばしても反応はない。

「ノイローゼかな？」

ついに口を衝いた。

〈坂町〉の通りを歩いていると、待ちなさいと声をかけられた。易者《えきしゃ》であった。天眼鏡《てんがんきょう》の向こうからせつらを見つめ、

「これは危険だ。死相に近い。相当の怨みを買っておるな」

「誰の怨み？」

「不特定多数じゃ。妄執《もうしゅう》に近い。面白いことに、あんたに罪はなさそうじゃの。要は色男すぎるんじ

やな。あ、見料《けんりよう》」

6

ドアを開くと同時に、ピアノの音が流れて来た。

絶妙のピアノ・プレイは、世界に必要な楽器は、ピアノとヴァイオリンだけではないかと聴く者に思わせる。

この音はそれほどでもなかったが、客たちは聴き惚れているように見えた。

店のほぼ中央に置かれたグランド・ピアノの前で演奏に没入しているのは、あざみであった。ドレスは蒼《あお》い——薔薇《ばら》の色だ。

七分ほどの客たちは恍惚と聴き惚れている。女性は——ホステスしかいなかった。

あざみが、ちらりとせつらの方へ眼をやった。微笑が口元にかすんだ。

近づいて来たボーイが、たちまちふらふらになりながら、

「秋さまで？　あざみさんに言われてお席は用意してございます」

案内した席は、最前列であざみの右横だった。

せつらは糸を放った。

あざみの顎に巻きつけて、こちらの端へ、グッド・プレイとささやいた。

あざみには、どう伝わったのか。

——いらっしゃい。嬉しいわ
と返って来た。ひとすじのチタンの糸がつなぐ男と女の声なき会話であった。

——曲は？

——「ペーパー・ムーン」よ
——いい曲
——ありがとう。ピアノはどう？

——わからない
——美しい人間《ひと》って意地悪ねえ。仕方がないわ
——どうして？

――あなたくらい美しいと、あとは死ぬしかないもの。意地も悪くなるわ

――プレイが終わったら

――一緒に行くわ

――どーも

ブルーのマニキュアを施《ほどこ》した指が白と黒の鍵盤《キイ》を叩き、耳を傾けるのは客と店と夜。

――お別れかしらね

――戻ってくると言ってたけど

――気にしてくれてるの？

――いいや

――溜息しか出ないわ

――消えられては困る

――勝手なことばっかり。私、殺されるかもしれないのに

――ファンが助けてくれる

――助けてほしいのは、ひとりだけよ

話しながら、指は踊りつづける。たったひとりの聴き手にその思いを伝えるべく。

「違う」

不意に店内に肉声が生じた。

「やっぱり違う。僕のために弾いていない」

立ち上がったのは、痩《や》せた長身の若者であった。品のいい顔立ちの頬《ほお》に涙が光っていた。身を震わせて叫んだ。

「裏切り者」

彼は上衣のポケットから小さな自動拳銃を抜き出し、あざみに狙いをつけた。ピアノは熄んでいない。客たちも動揺を示さずにいる。

不意に隣の席の中年男が若者にとびついた。あっという間に逆を取り、拳銃を奪い取るや、ボディブローを叩き込んだ。崩れかかる身体を、もうひとりの客が支え、二人して出入口の方へと運び去った。

すぐに戻って来た。中年男が詫びた。

「すまない。医者のくせに坊やでな。我慢が利《き》かないんだ」

相手はあざみであった。

運搬を手伝ったほうが、

「けど、指摘したことは確かだ。今日のあんたは、おれたちのために弾いていない」

少し離れた席にいる白髪の老人が、

「だが、今までのどれより情熱がこもってる。誰のためかな？」

他の客も含めた視線が、せつらに焦点《しようてん》を合わせた。

「ファンのためのコンサート」

とせつらはつぶやいた。

「そのとおりだ」

背後から、冷たいものが後頭部に当てられた。銃口だ。

席へ案内したボーイだった。

「あの人は、おれのものだ。でも、絶対にそうなってくれない。だから、みなこう決めた。誰のものにもなってくれないのなら、誰のものにもさせない、って。あの人が惚れた相手を、おれたちは認めない」

「寝たの？」

とせつらは訊いた。銃口が震えた。

「その質問はするな」

「寝た者もいる、と？」

「うるさい！」

ボーイは引金を引いた。ピアノの調べはこの美しい若者に捧《ささ》げられている。許してはおけなかった。

生かしてはおけない。

引金を引いた指は動かなかった。彼は骨まで食い込む痛みに思考停止に陥り、見えない手の操るままにトイレへ入って鍵をかけてから失神した。

——ファンも熱狂的すぎるとね
糸がこう送り、

——ごめんなさい。でも、私は何も
相手を選ばず愛される女。誰も愛していないのに。

消えてしまいたくもなるだろう。

——条件をつけてもいい？

——何を？

——大人しく、やくざのところへ行く代わりに、夕ご飯一緒にして。一度でいいわ
——脅迫には応じない
——そんなに嫌？

——主義の問題
——顔に似合わず強いのね。だから、会っちゃったのかなあ
「いい音になったぞ」

誰かが低くつぶやいた。落とされた照明が、人々を影に変えていた。

そのつぶやきのかたわらで別の声が、

「——急に深くなった。こりゃ悲しい。寂《さび》しい。苦しい……涙が出て来そうだ。このまま弾かれたら、気が狂ってしまう。そうなれば、ピアニストを射てるかのお？」

老いた影が立ち上がった。ピアノとプレイヤーに投げキスをして去って行く。

もっと若い影が、一礼して去った。

もうひとり。

もうひとつ。

演奏が終わったとき、店内にはせつらひとりしかいなかった。だが、それは限りなく美しい。見えない女が、見えるようになるくらい。

あざみはせつらの方を向いて、微笑した。

「お店が終わるまで弾くという契約なの」

声に出して言った。

「待つ」

せつらの返事は短い。他に言うことはないのだった。

「ありがと」

あざみは席へ戻って三曲ほど弾いた。

一曲目は別れた恋人たちの歌。

二曲目は、荒野を旅する男の歌。

ラストは、愛し合いながら別れてゆく恋人たちの歌。

弾き終えてから、あざみはカウンターの中へ入り、マティーニを二杯、達者な手つきでこしらえた。バーテンとスタッフたちは客たちと行動を共にしていた。グラスを両手に戻って来た。

「いかが？」

「飲《や》らない」

「ノン・アルコール体質？　それでよく、この街で生きていけるわねえ」

「ミステリの読み過ぎ。〈新宿〉だって、毎日二メートル近い大男の探偵とギャングが、朝から晩まで、安ウイスキーをラッパ飲みしてから射ち合いや殴り合いをしてるわけじゃない」

「あら、結構しゃべるのね。ここは一杯飲ってもらわないと」

「飲らない」

あざみは、うすく笑って、

「奢《おご》りよ」

「なら、少し」

あざみの笑みは深くなった。

「しっかり者ね」

グラスを上げた。

澄んだ音が鳴った。

ひと口飲って、グラスの口紅を拭き、

「それでいて、こんな綺麗《きれい》。でも、独身でしょ？」

「当たり」

「誰も近づいて来ないのね。人間《ひと》の手に負える相手じゃないって」

「誰かにはファンがいる。自分のものにならなければ殺してしまいたいと願うくらいのファンが。実行付きで」

「鬱陶《うっとう》しいと思われてるのも構わずにね。あなたみたいだったらどんなにいいかしら——でもないわね。美しくて冷たくて暗くて、とっても深くて、この街みたいに訳のわからない人——でも、そうもなりたくないわ。お別れね――今夜で」

「はあ」

「戻って来るつもりだったけど、消えることにするわ。あなたはまた会っても知らん顔するでしょう？」

ふっとせつらを見つめて、

「それとも――捜してくれる？」

返事はない。

乾杯と言って、あざみはせつらにグラスを寄せた。

薄いガラスの縁《ふち》が触れ合う寸前、ドアが開いて、人影が幾つもとび込んで来た。

「おや、虎島さん」

せつらの声に、和服姿の老人は口もとをゆるめたものの、凄まじい眼差しをあざみに当てた。

「よく見つけてくれたな」

「どうしてここが？」

と、せつら。


「倅からピアノ弾きだと聞いてたんでな。心当たりの店へ若いのを張り込ませておいた。やっと今日、引っかかりやがった。安心しな。礼はちゃんとする」

「そちらが自力で見つけ出した以上、契約は解除」

せつらは茫洋と応じた。

「ただし――連れて行かれては困る。たった今、その人の依頼を受けたばかりなので」

あざみが、はっとせつらを見た。

「悪いが、そうはいかねえよ」

虎島は歯を剝いた。文字通りの牙《きば》を。その全身が異様にねじくれ、毛むくじゃらの四肢《しし》は獣脚《じゅうきゃく》の歪みと鉤爪《かぎづめ》とを備《そな》えた。

「〝虎人《こじん》〟」

とせつらはつぶやいた。温厚なやくざの頭《トップ》は変身獣の術を心得ていたのだ。

「倅が死んでから、ずうっと夢を見ていたんだ。おめえの血で真っ赤な夢をよ」

虎島はゆっくりと二人に近づいて来た。SMG《サブマシンガン》を構えた子分たちが後に続く。

「息子さんは、勝手に死んだんです」

あざみは疲れたように言った。

「私はあの人の恋人じゃありませんでした。だから、別れを告げもしなかったのです」

「じゃあ、みんな倅の勝手な思い込みだったって言うのか？」

すでに肉食獣に変わり果てた顔が人間の声を出すのは、滑稽《こっけい》だが不気味《ぶきみ》ではあった。

「てめえは甘い声ひとつかけず、ちょっかいも出さなかったのに、倅がひとりで惚れ込んで、相手にもされず、それで死んだってか？」

「そうです」

あざみはきっぱりと言った。

虎の眼が爛々《らんらん》とかがやきはじめた。血の色に。

「この先そうやって男を食いものにしながら、のうのうと生きていくつもりだろうが、それも今日までだ。今、ここでおれが食い尽くしてやる」

「やめよう」

せつらが呼びかけ、SMGの銃身がそちらを向いた。

虎島は右手を上げ、いちばん長い爪で首のあたりを掻《か》いた。

巻きつけた妖糸が切断されるのをせつらは感じた。

「あんたに依頼した時点で、万が一こうなってもいいように、特別切れるのをつけたんだ。さ、邪魔しねえでくれ」

「困ったな」

本音《ほんね》だったかもしれないが、茫洋たる雰囲気は少しも変わらない。

虎島が跳んだ。五メートル先のあざみまで〇・一秒とかからない。

その顔面に黒点が穿《うが》たれ、虎は空中でのけぞった。

やくざたちの背後から現われた複数の影たちが射ちまくったのだ。

子分たちは即死し、虎島は床の上で起き上がった。

全身に集中した火線《かせん》と銃声が、肉を弾《はじ》き、血を噴かせた。

血まみれの顔があざみを求めてふられ――空《むな》しく宙をさまよった。

今そこにいたのに。

ついに会えずに終わる。

呪《のろ》いの咆哮《ほうこう》で店内を揺すり、せつらめがけて躍りかかろうとする首が、世にも鮮やかにとんだ。

「おしまい」

せつらの声は空中でした。

天井から音もなく舞い下りた世にも美しい若者を、救い手たちは陶然と見つめた。さっき、店を出て行った客たちであった。老人が、足下の死体へ眼をやり、

「みんなでその辺をうろついていたら、こいつらを見かけたので、引き返して来たんだ。役に立ったらしいな」

「でも――あざみちゃんは――今そこにいたのに」

「今度はいつ、会えるのかな?」

いつか、また、ピアノのあるバーで。

そしてみな、先客にこう言われる。

〝今まで、そこにいたのに――〟と。

せつらはドアの方へ歩き出した。

誰かが、

「なあ、あんたに会いに来るのかな?」

あざみは戻って来ると言った。

もうその必要はない。

男たちの夢が叶《かな》うかどうか。唯一の希望の星は、全く無関心のように、ドアを抜けて消えた。

不安定な逃亡

1

気がつくと、うたた寝をしていたようだ。

中途半端な眼醒《めざ》めに伴《ともな》う不快感に耐えながら、牧美知子《まきみちこ》は窓の方へ近づいて、下ろしてあるカーテンを開いた。

「夜」

声には疲れが濃い。どんな色彩《いろ》がついているのだろうかと思った。

肌の下を大量の虫が這《は》った。髪の毛が逆立《さかだ》つ。恐怖だ。

美知子は狭い室内を見廻《みまわ》した。天井の照明もロング・スタンドも点《つ》いているのに、ひどく薄暗く感じられた。この街に越してからずっとだ。

それはいい。だが、恐怖の源泉は別にあった。ここが何処《どこ》なのか、何故《なぜ》ここにいるのか。少しも浮かんで来なかったのだ。

「〈新宿〉よ」

夢中でつぶやいた。だから、何でも起こる。記憶喪失《そうしつ》なんて、ちっとも異常じゃない。そう思いたかった。

窓の外へ眼をやった。地理でも何でも、ひとつ明らかになれば、後は数珠《じゅず》つなぎに判明するのではないか。

細い通りを挟んだ前の建物は、黒いビルだ。昼は別の色だろう。わずかな手がかりを与えてくれるはずの街灯は、みな破壊されている。

「〈新宿〉の——」

何処よ？　嚙《か》みしめるように呻《うめ》いた。効《き》き目はあったかもしれない。

「あれ？」

〈新宿三丁目〉にある「グレナーデン・ホテル」の一室だ。腕時計を見た。余裕が出来たのだ。午前一時を廻ったところだった。

どうしてここに？

ああ。出て来ない。服装はブラウスにジャケット、膝丈《ひざたけ》のスカート。色も形も平凡だ。真相に近づく鍵《キイ》にはならない。

「あれ？」

また声が出た。この服装でうたた寝していたとなると、チェックインはいつしたのか？　履物《はきもの》を見た。靴だ。ベッドの上には旅行用のスーツケースと愛用のハンドバッグ。着替えもせず、スリッパに履き替えもしないで眠ってしまったとは。疲労の原因？　今は少しも疲れてなどいない。

フロントに電話をかけてみようと思った。少なくとも、チェックイン・タイムとその際の自分の様子だけはわかるはずだ。

出ない。呼び出し音だけが飽《あ》きもせず鳴っている。

その代わり、電話を切った途端、別のものが鳴りはじめた。

誰かがドアをノックし始めた。

コツコツコツ
コツコツコツ
強くも弱くもない、平凡な叩音《こうおん》だ。ルーム・サービスのはずはない。腹は減っていない。
あと二度ほど続けてから、ドアは静かになったが、美知子は動かなかった。去る足音は未確認である。ドアの向こうに息を殺している恐れもあった。声をかけたくなかったと言えば嘘《うそ》になる。ホテルの従業員が何かを届けに来たのかもしれず、今の美知子ではない美知子が交《か》わした約束を果たしに来たのかもしれない。飛び出して行ってドアを開けるのが本当だ。
少なくとも、向こうの勘違《かんちが》いでない限り、ここに彼女がいることを誰かが知っているのだった。
無性《むしょう》に喉《のど》が渇《かわ》いた。冷蔵庫はあるが、値段が高い。
外へ出るしかない。フロントに付き添ってもらおうかと思ったが、やはり出なかった。殺されたのか？　だとしたら、犯人は今度こそ躊躇《ためら》いもなく美知子を狙《ねら》うだろう。

だが、こうしてひと晩を明かせるかどうか？　いきなりドアを押し破られ、問答無用で凶器をふるわれたらお仕舞《しま》いだ。

武器を買いに行こうと思った。〈三丁目〉なら〈歌舞伎町《かぶきちょう》〉まで出なくとも、紙銃――ペーパー・ガンくらいは手に入る。一度思いついたら、その考えは美知子を強烈に促《うなが》した。武器と食糧さえあれば、どこにでも立て籠《こ》もれる。

あれから一〇分以上経過している。もう待ち構えてはいまい。

窓から緊急脱出用の簡易エレベーターを使ってとも考えたが、向こうもそれくらい読んでいるだろう。狭い函《はこ》の中を外から狙われたら逃げ場はゼロだ。

ドアを脱《ぬ》ける前に、以前ＴＶのＣＭタイムで見たことのある監視アイテムを思い出した。購入した記憶はない。何の期待もせずハンドバッグを開いた。

驚くより、ぞっとした。

細長い管状《コード》のアイテムをドアの下から差し込み、端のレンズを右眼に当てると、網膜《もうまく》に床から見た廊下の光景が映った。管《くだ》の先は美知子の指先の動きで自由に向きと倍率を変える。

誰もいないのを確かめ、外へ出た。ホールもフロントも無人だった。

外の様子を窺《うかが》い、ここも同じと知ったときは、安堵《あんど》のめまいすら覚えた。

ホテルは〈新宿通り〉の一本北寄りの路地に面している。小さなバーや貸しホールのネオンと看板が眼についた。

向かいの通りの右方に「セブン－イレブン」の店名と縞《しま》模様が光っていた。コンビニは半分以上が銃器弾薬を扱っている。無論許可制だが、図太い店長だと禁制の携帯用ロケット・ランチャーだの、大口径レーザー（小口径小出力は許可）だのも密《ひそ》かに販売中だ。

　自動ドアをくぐって、美知子の最初の言葉は、あれ？　であった。

　棚の向こうに誰かが隠れているのでは、と、眼を凝《こ》らし、耳を澄《す》ませてみたが、すぐに諦《あきら》めた。天井と壁の防犯カメラは作動中だろう。

　お金だけ置いて帰ればいいわね。

　銃器は大概《たいがい》、店の奥にひっそりと並んでいる。用心深い店だとボックスをあつらえてあった。

　ここは棚ざらしだ。一応ボックスに重ねた品のうちから一挺《いっちょう》――小型で握り易《やす》く、――射《う》ち易そうなオートマチックを選んだ。五〇発入りの二二口径弾丸《アンモ》もひと箱摑《つか》んでカウンターへ行き、喉も渇いているのに気づいて、カウンター端のコーヒー・メーカーで、アメリカンを一杯、カップに満たした。五〇円であった。物価は〈区外〉よりずっと安い。〈区外〉へ販売している特産品が、途方もない品ばかりだからだ。

　第二次大戦中、さすがに物資欠乏《けつぼう》状態に陥《おちい》った際生まれたという薄いコーヒーをひと口飲《や》ると、人《ひと》心地《ごこち》がついた。

　フロントに人が出て来る気配はなく、奥のドアに近づいて声をかけた。返事はない。

　ノックしてから開けた。

　テーブルと椅子《いす》とパソコンが幾《いく》つか置かれていた。テーブルにはストローを差したままの飲料の紙パックやコーヒー用の紙コップ――スタッフがいたのは間違いない。

　いたのは、だ。

　背すじを冷たいものが走った。

　終日営業のコンビニは強盗や非行中年グループに襲われる率が異常に高い。一分一秒も無人にするはずがなかった。

　五分ほど待つ間にアメリカンを片づけ、美知子は棚のカードに書いてあった額をカウンターに置いた。盗みでないことはカメラが証明してくれるだろう。

拳銃の銃把《グリップ》から弾倉《マガジン》を抜いて、紙ケースの弾丸を七発込めて戻し、遊底《スライド》を引いて放すと、一発目をすくい上げて元の位置へ戻った。ハンドバッグへ収めながら、はっとした。

こんな操作をいつ身につけたのか？

記憶を辿《たど》っても出て来なかった。

美知子は考えるのをやめて、外へ出た。

通りの向こうを歩くコート姿が月光を通して見えた。

顔は朧《おぼろ》だ。

それなのに、途方もなく美しいと、脳が刻んだ。

自分でもわからぬ衝動に駆《か》られて、美知子は影の方へ小走りに歩き出した。

助けて、と胸の中で叫んだ。

私、誰もいない街でひとりぼっちなんです。お願い、話を聞いて。


だが、影は右へ折れた。

美知子が気づかずにいた路地が口を開けていたのである。

凄《すさ》まじい消失感が、美知子に片膝をつかせた。

やはり、この世界に自分はひとりきりなのだ。

立ち上がるのに数秒をかけてから、美知子はホテルの方へ歩き出した。

不安がないのが嬉《うれ》しかった。たぶん、美しいものを見たからだ。それに感動できる自分も嬉しかった。

こういう思いは長く続かない。

コンビニを出て一〇メートルも行かぬ間に、背後に足音が生じた。遠いが硬く確実だ。

呼吸が荒くなる。こんな音聞きたくない。

ハンドバッグを手元に引き寄せ、留《と》め金《がね》を外した。ＰＧ《ペーパー・ガン》の銃把《グリップ》を握りしめた途端にほっとしたが、〈区民〉としては不安の残り滓《かす》を感知せざるを得ない。銃弾が効く相手とは限らないからだ。それでも美知子は親指で安全装置《セフティ》を外した。

足音が早まった。駆けてはいない。大股《おおまた》に近づいて来る。

美知子はタイミングを測《はか》った。

来る。

来る。

来る。

PGを抜き出そうとする寸前、別のものが視界に入って来た。

通りの前から、これも黒い影がやって来るではないか。

サイズは――熊並みだ。しかも、羆《ひぐま》の成獣。二二口径なんか、雨のしずくみたいに撥《は》ね返されてしまうだろう。私に向けられた真っ赤な光点は――眼だ。

ほとんど夢うつつの中で、考えた。頭からかじられるのよりマシな死に方は幾つあるだろう。

そいつの突進は、信じ難《がた》いスピードで美知子に叩《たた》きつけられた。引金《トリガー》を引いた。何て頼りない反動《リコイル》。視界に紅《あか》い眼と鼻面《はなづら》と牙《きば》の列が――ふわりと浮いた。

着地の音を聞いてふり返ったとき、背後で男の苦《く》鳴《めい》と――銃声が轟《とどろ》いた。

何が起きているのか想像するだけでおぞましかった。

美知子は両足に力を入れ、思いきり走り出した。すぐホテルが見えて来た。自動ドアが開き出すや、無理矢理身を入れた。

「痛《いて》え!」

声と衝撃が、美知子を撥ね返した。

学生っぽい若者が顔をしかめて、睨《にら》みつけている。

「ご、ごめんなさい」

謝《あやま》ったが、ますますわからなくなった。

何だ、この人混みは?

空が光った。どおん。見上げるとおびただしい火花で出来た光の円が消えていくところだった。それを追って、ひょろひょろと光の尾を引き引き上昇し、またも、どおん。

花火だった。美知子の周囲で拍手と歓声が上がった。

まだ睨みつけている若者へ、

「ね、ここは何処?」

「〈歌舞伎町〉だよ」

「お祭り?」

「ああ、〈歌舞伎町、聖毒併《あわ》せ呑《の》んで〉ってお祭り。お姐《ねえ》さん〈区外〉の女性《ひと》?」

「そよ。ね、お祭りなら警察の本部が出張《でば》って来てるでしょ。何処にあるの?」

学生は少し考え、

「あそこだ。〈コマ劇〉の前の広場」

と言った。

「ありがとう——ごめんなさいね」

背を向けて歩き出した。まだ地理は摑めないが、すぐわかる。人が多くても、巨大な町とはいえないのだ。

ひょい、と前に立った。学生だ。にこやかに、少し助平《すけべ》ったらしく、

「ね、案内役要《い》るでしょ?」

「悪いけど、待ち合わせしてるの」

「嘘だ。そんな人が、道に迷う訳《わけ》がない」

「そんな人が迷ったのよ。どいて」

「やだ」

「射つわよ」

美知子はPGを取り出して、若者の腹部に狙いをつけた。その表情を見て、

「わかりました」

学生はあっさり横へのいた。

美知子はすぐ前の通りを右へ折れた。記憶が甦《よみがえ》ったのではない。一刻も早く学生から離れたかったのだ。

すぐに違和感が湧いた。

道の左右は、バーと寿司屋と広東《カントン》料理店、焼肉屋、マッサージ店、ゲーセン、SMショップ、ホステス用のブティック、花屋――その押し合いへし合いぶりは、確かに〈歌舞伎町〉のものだ。

だが、一切《いっさい》記憶にないのだった。

2

美知子の脳は混乱を極《きわ》めた。

〈歌舞伎町〉というだけで、その家並みも店舗の一軒も記憶に残っていないのだ。〈区民〉のみならず、新宿を訪れた者なら足を踏み入れぬはずもない歓楽の天地も異境だった。

急に胸が狭《せば》まった。呼吸が圧《お》しつぶされ、美知子はせわしなく咳《せ》き込みながら、その場へ蹲《うずくま》った。

ごほとやるたびに肺が埋まっていくような気がして、美知子は残る力をふり絞《しぼ》って胸郭《きょうかく》を叩いた。

「どうしたんだい、姐さん?」

苦しみの最中《さなか》でも、ガラが悪いと意識できる声が頭上から降って来た。

両腕が持ちあげられた。声と物言いにふさわしい下卑《げび》た顔が、左右から舐《な》めるように美知子を見つめていた。

「具合が悪いんだろ。診療所へ連れてってやるぜ。すぐそこだ」

「結構です、放して。もう治りました」

美知子の声は、我ながら情けなくなるくらい小さく嗄《しわが》れていた。

「いいから、来なよ」

「人の親切は素直に受けるもんだぜ、おらおら、何見てやがる?」

見物人たちは、苦笑いしながら、散《ち》り散《ぢ》りになった。

どけどけと凄《すご》みを効《き》かせながら、男たちは美知子を引きずって、徒歩一〇分ほどのところに建つ雑居ビルに入った。出入口の居住者プレートに、一、二階とも「千田会《せんだかい》」とあった。

暴力団への恐怖より、美知子は胸から噴《ふ》き上がってくる黒い死の影に怯《おび》えていた。

かなり広いビルのツー・フロアを占《し》めているだけあって、美知子の連れ込まれたのは、二〇畳はありそうな板の間——道場であった。最近の暴力団は、一種の世間体《せけんてい》として、武道による精神強化に努めているふうに装《よそお》う。

仰向《あおむ》けに美知子を横たえると、男たちは二人がかりで裸に剝《む》きはじめた。

「やめて」

胸の圧迫感は少しも変わらない。いま心臓に負担がかかれば死ぬ——そんな恐れも強く感じられないほどの苦しさであった。

ブラジャーとパンティだけにした美知子を見て、男たちは凶悪な手を止めた。布地はみな白い肉に食い込んでいる。細い顔のせいで、痩《や》せ気味に見えるが、豊かな乳房の隆起と腰の張りから始まる下半身の肉感は、淫《みだ》らとさえ言ってよかった。

「おめえ、どっちにする？」

「そらあ、下さ」

「なら、おれは上だ。とりあえずな」

「嫌……嫌……嫌……」

美知子の哀願を吸い取るように、唇が吸われた。閉じた歯を男の舌が強引に割った。舌が吸われた。右脚が上げられた。生ぬるいものがつけ根に貼りついた。

唇が離れた。次は乳房だった。

「でかい乳しやがって」

男が乳首に歯を立てた。

急速に気が遠くなった。男たちの淫行はどうでもよかった。このまま死ぬのかと思うと、急に怖くなった。

——助けて
はっきりと求めた。

闇が訪れ——急に楽になった。

途方もなく美しい顔が覗《のぞ》き込んでいた。男たちの姿はない。

「あなたは？」

美知子は死人のような声で訊《き》いた。

すう、と美貌《びぼう》が視界から離れた。

「あ？」

あまりに美しすぎて、後に黒い穴が開いたような気がした。

起き上がって移動した方を見た。

いない。

確か、コンビニ近くの路上で見かけたのと同じ若者だったような気がした。

胸の重さは跡形《あとかた》もなかった。あんな美しいものを見たら、どんな病気でもとんで行ってしまう。

何とはなしに足下を見た。

漠然《ばくぜん》と暗いものが胸中《きようちゆう》に広がった。太腿《ふともも》を責めていた男が、俯《うつぶ》せに倒れていた。首がない。胴の横に転がっているのが見えた。二つの切り口の鮮《あざ》やかさ美しさに、美知子は見惚《みほ》れた。すでに血は止まり、木の床に大きな血溜《ちだ》まりが出来ていた。

あれくらい美しい人なら、これくらいのことは平気でやるだろう——美知子は納得した。血の色さえかがやくばかりだ。

もうひとりは美知子の右横に、やや上方にずれてこと切れていた。もうひとりと全く同じ状態で、美知子は二度も酔い痴《し》れる羽目《はめ》に陥った。

夢だったのか、とも思った。

二人のやくざの死も、この道場も、美しい救い主も。だが、二人の死体は消えず、空気には血臭《けつしゆう》が混じりはじめていた。

ビルを出るまで誰にも会わなかった。

往来《おうらい》には人が満ちていた。そのどれもが美知子とは無縁であった。

こう叫びたかった。

あなたたち、生きてる人間なの？　どうしてここにいるの？　これからどうするの？　帰る家はあるの？　そこには家族がいるの？　私はどれにも答えられないのよ。代わりに答えてよ。

だが、美知子の胸の中には、まだあの美しい顔がひっそりと息づいていた。

あの人が救《たす》けてくれた。

それが狂気を抑えた。

腕時計を見た。

午後七時。どの料理店にも人影があった。箸《はし》をふりふり高歌放吟《こうかほうぎん》のリーマンたち、ビールジョッキの一気飲みに歓声を上げる学生グループ、カラオケへ繰り出そうとしているのは女子会の面々か。

いきなり、ハンドバッグを引かれた。

「え？」

腰のやや下に頭があるから、小学生になるかならないかだろう。おかっぱ頭の男の子は、大きな瞳の中に、訝《いぶか》しげな美知子を閉じ込めていた。人懐《ひとなつ》っこい表情に、何故見つめられているのかもわからず、美知子は安らいだ。

ひょっとしたら、この子も、自分が誰なのかも、何処へ行くのかもわからぬ迷子なのかもしれない。

自然に美知子は身を屈《かが》めていた。少年と同じ高さになると、彼はとまどったふうに眼を伏せたが、すぐにはにかみの笑顔を見せた。

オレンジ色の上衣《うわぎ》に白いシャツと薄緑の半ズボンを合わせていた。

「どうしたの？」

美知子は優しく訊いた。

男の子は眼を右のポケットに移すと、右手を入れて何か取り出した。

美知子の前に差し出されたのは、銀色のバッジだった。兜《かぶと》を被《かぶ》った騎士の顔を象《かたど》ったもので、後ろは短いネジがついている。上衣のピンホールに差し込んで留めれば、子供にも貫禄《かんろく》がつきそうだ。

「これ――くれるの？」

男の子はうなずいた。

「――でも、どうして？」

はっとした。

「お姐さんのこと——知ってる?」

声が硬い。怯えるかと思ったが、男の子は黙って美知子を見つめた。

身近な者に向ける視線だと、美知子は感じた。

「知ってるのね? ね、教えて、お姐さんの名前は何ていうの? 家は何処にあるの?」

男の子が後じさった。口にしてはならない呪文《じゅもん》を唱《とな》え、眼の前の女が鬼の正体を現わしたとでもいうふうに。

「君」

声は小さな背中に当たった。走り出した姿は、すぐ右へ折れて、人混みに同化した。

美知子は伸ばした手を戻した。冷たく硬い感触があった。

指を開くとバッジだった。

「どうしてこれを?」

自分の持ち物を美知子に与えようと現われた。それだけしかわからない。美知子は男の子の消えていった雑踏《ざっとう》を追った。

〈歌舞伎町〉

その混沌《こんとん》の中にすべての答えがある。自分自身もそれを求めて〈新宿〉の一部と化そうとしているのだろうか。

急激なめまいが襲い、美知子はよろめいた。胸がまた圧された。やくざに絡《から》まれた時の二の舞かと思った。

だが、意識はすぐにはっきりし、追いかけるように全身に力が漲《みなぎ》った。

背すじを真っすぐに据《す》えて、

——あの子のお蔭《かげ》ね
それと——

——あの男《ひと》の
正体不明の二人であったが、それ故《ゆえ》に、〈新宿〉にふさわしい味方だという気がした。

自分のことは何ひとつわからぬまま、美知子はもう孤独ではないのだった。

カプセル・ホテルでも、カラオケでも、深夜喫茶でもいい。夜明かしできるところを探そう、と思った。

相も変わらず何処だかわからない。だが、美知子はためらわず、人通りの多い方角へと歩き出した。

頭上に花火が上がり、美知子の影をアスファルトに鮮明に灼《や》きつけた。

泊まり先を探すつもりが、警察のことを思い出した。通りの左右を見渡しながら少し歩くと、赤いライトと見覚えのある玄関が眼についた。

ガラス扉の向こうで、マスクをつけた中年の警官がずんぐりした中年男を前にして、書類に何か書き込んでいる。男は格好からして観光客である。警官が咳き込んだ。安堵が美知子の全身を浸《ひた》した。

記憶喪失くらい、〈新宿〉の警官は末端の交番でも扱い慣れている。ましてや〈歌舞伎町〉だ。記憶どころか脳味噌《のうみそ》のない連中まで押しかけて来るはずであった。

ガラス扉を押して入ると、警官は手を止めて、きつい眼差《まなざ》しを当てた。

「どうかしましたか?」

「いいえ。あの、人に追われてるような気がするので、それで」

「邪霊《じゃれい》か妖物《ようぶつ》、それとも殺人鬼?」

凄まじい質問を落とし物でもしたみたいな調子で口にすると、中年男が、ぎょっと顔を上げた。ここへ来る原因が何だったのか、血の気《け》が全くない。

「――わからないわ」

美知子は首をふった。

「わかりました。すぐ同僚が帰って来ますから、そしたら、お宅まで送らせましょう」

「それが――」

「それが?」

「――記憶を失《な》くしたらしくて――自分が誰かも覚

えてないんです」

「ほお」

警官はしげしげと美知子を見た。記憶喪失者も扱った。得体《えたい》の知れない連中に尾《つ》けられている飛び込みなど腐るほど押しかけて来る。しかし、両方ともというのは珍しい。

「わかりました。今、こちらを片づけたら、お話を聞いて、案内所へお連れします。病院へ連れて行ってくれますよ」

「助かります」

返事をして、美知子はよろめいた。

中年男の書類手続きは五分足らずで終わったが、礼を言って戸口へ向かった足は、そこで止まった。不安そうに外を眺《なが》める眼差しは恐怖に満ちていた。

そこへ、若い警官が帰って来た。通常パトロールは二人組で行なう。警官には相棒がいた。

戦車みたいな無限軌道《キャタピラ》付きの胴体に、頭部と手足がついた人型ロボットである。〈区外〉ではいまだに試作段階で、日常への適用はいまだしだが、〈新宿〉ではさらに精巧《せいこう》なものが作られ、まず、もっとも危険な地域へ投入されたというわけだ。

「ご苦労さん」

と、中年の警官が労《ねぎら》い、どうだった？　と訊いた。ロボットを外へ残して入って来た警官は、にやりと笑って、

「喧嘩《けんか》が三件ありましたが、あいつを見たら、すぐに肩を組み合いました。ひとり阿呆《あほ》がいて、酔った勢いで蹴《け》りをかけて来ましたが、足首を折っちまいました。一応、案内所へ運んどきましたが」

「それはそれは。ところで、こちらの女性が――」

中年の警官は、帰って来た警官に事情を話した。

「悪いが、もう一遍《いっぺん》、近くの案内所へお連れして、脳関係の病院を紹介してもらってくれんかな」

「いいっすよ」

若い警官は気軽にうなずいて、

「ほんじゃ、すぐに行きましょうか」

笑顔を美知子に向けた。

3

何度外へ出ても、夜の〈歌舞伎町〉には喧騒《けんそう》が満ちている。

無人無音の路《みち》よりは安心だ——こう思いつつ、美知子の不安は一向《いっこう》に終息《しゅうそく》しなかった。

警官の他に、先にいた中年男も一緒である。途中まで護衛付きで行きたいと言い出した。〈歌舞伎町〉へ入ってすぐ、妖物に狙われ、荷物を放り出して逃亡に移ったらしい。絶望的な表情が、美知子の気分を少し安定させた。

五分ほど歩き、細い路地を折れた。

「あれ？」

警官の驚きの声が、美知子を立ちすくませた。

「どうしたの!?」

思わず出た。左右を人が流れていく。

美知子は彼らを眺めた。

笑いさざめきながら、しゃべり合いながら、何人かは美知子の方をチラ見しながら。彼らには自分が何者かわかっている。何処から来て何処へ行くのかも知っている。他人だ。赤の他人だ。美知子とは無縁の人間だ。美知子は今もひとりきりなのだ。

そう考えると、周囲のざわめきが、奇怪な音響効果のように何重にも木魂《こだま》しはじめた。それを口にする人々も、もはや、尋常《じんじょう》な姿ではなく、輪郭も溶け崩《くず》れた影と化していた。

「嫌よ、やめて。私をどうしようというの!?」

眼を固く閉じ、両耳を押さえて、美知子はしゃがみ込んだ。何も見えず聞こえない世界へ行きたかった。そうすれば、いつか平穏《へいおん》な自分を取り戻せるかもしれない。

すぐに肩を揺すられた。

「しっかりしてください。もうじきですよ」

若い警官の声に顔を上げた。

また、首すじを冷たい水が流れた。

「あの人は?」

夢中で四方を眺めた。

同行者がいない。

警官は見廻して、

「ありゃ、何処へ消えちまったかな。今の今まで、一緒にいたんだが」

それから、

「――消えちまったですねえ」

美知子の世界は暗黒に閉ざされた。


「鎮静剤を射っておきました」

初老の医師は、言い含めるようなしゃべり方をした。マスクの下でぐしゃぐしゃと鼻を鳴らす。風邪引きか鼻炎だろう。

一瞬、失神しかけたが、警官と通行人が近くの案内所へ運んでくれたのだ。

〈歌舞伎町〉のみならず、繁華街のガイド・センターや案内所は〈新宿〉でも一〇〇を超し、私設のガードマンや医師が詰めている。祭りの場合、格段に妖霊《ようれい》、妖物に取り憑《つ》かれる例が多いため、僧侶の出動も要請するのが常だ。

美知子の様子を見た彼らは、

「異常なし」

と太鼓判《たいこばん》を押した。

「ただ、記憶喪失は間違いない。私の病院で治療してみよう。なに、簡単に戻ると思うよ」

自信たっぷりな医師の言葉に、

「先生――お願いします」

美知子はすがりついた。

「では――同行しましょう」

軽々と立ち上がる医師に、ふと、こんなに簡単に職場を放棄《ほうき》してもいいのか、と疑問を感じたが、ここは〈新宿〉だと思い直した。

病院は二分足らずのところにあった。病院が建つと近くで風俗店は営業できないが、その辺は〈区外〉の理屈で、右隣は「愛人ヘルス」、左は「マッサージもみもみ」のネオンがきらめいている。

「簡単に治療が終わると、その足で駆け込む患者が多いんですよ」

と医師は笑った。

記憶喪失と断定されたことで、美知子の気分は和《なご》んでいた。これなら治せる。

治療室に入ると、繭《まゆ》型のポッドに入れられた。

数秒で終わった。

別の治療室で向き合った医師は、

「単純な記憶喪失とは異《こと》なるようですな」

と首を傾《かし》げた。

「え？」

「これは——何とも説明がつきません。脳の問題だと思っていたが……」

「先生——何でしょう？　はっきり仰《おっしゃ》ってください」

「——精神《こころ》かもしれませんな」

「…………」

「だとすると、専門の病院へ行っていただくしかありません」

「ご紹介していただけますか？」

「一番は〈メフィスト病院〉でしょう。しかし、いま院長は行方不明ですし、精神科も心理治療科も二四時間超満員だと聞いています。すぐ診《み》てもらえるかどうか」

「でないと困ります。私——他によい病院をご存じありませんか？」

医師は腕組みして、そうですなあと眼を閉じたが、すぐに、

「——そうだ。あそこがいい。同じ〈歌舞伎町〉内に、ベストがありました。そこへ——」

「何というところです？」

「『木亜羅《きあら》病院』——」

院長はその後を続けることができなかった。

ドアの向こうで、悲鳴が上がったのだ。

「あれは——坂下《さかした》。失礼する」

閉じるドアを美知子はぼんやりと見つめた。

——まさか、ここまで？

だが、やって来た以上、否定しても始まらない。

美知子を追うものは、離れてなどいなかったのだ。

——永久に逃げられない
絶望感が長く続いた。

ドアの向こうに意識を向けた。

何も聞こえない。

もう少し待ってから、美知子はドアに近づいた。

院長は殺された、と思った。病院のスタッフもそうだろう。なのに何故、自分のところへ来ない？

サディストの嫌がらせ？

美知子は、ハンドバッグを探《さぐ》った。ペーパー・ガンはそこにあった。

しっかり握って、左手でドアを開けた。

廊下には誰もいない。


足音を忍ばせて待合室へ。来たときは四、五人の患者が蠢《うごめ》いていた。みな喧嘩の犠牲者か、重度の酔っ払いに見えた。

気配だけが残っていた。たった今、美知子がドアを開ける数秒前まで彼らはいたのだ。

受付も同じだった。

血痕ひとつ見当たらない。

低い唸《うな》り声が背後でした。美知子はとまどった。敵か味方かわからなかったのである。

あのホテル近くの路上で、多分、同じものが殺し屋と思《おぼ》しい相手を始末してくれた。

今度もそうなのか。

美知子は玄関へ出て三和土《たたき》へ下りた。靴を履いている間も不安の虫が気力を蝕《むしば》んでいく。

ドアに手を当てて押した。

「ひっ」

息が止まった。

眼の前に黒いトレンチコート姿が立っていた。

黒いソフトにサングラス、黒いマスクで口元を覆《おお》っている。

それだけで美知子は凍りついた。

その右手に握られた拳銃と太い消音器を眼にしたときは、恐怖すら忘れた。

銃口がわずかに移動し、美知子の心臓に狙いをつけた。

恐ろしい間《ま》であった。

崩したのは殺し屋自身であった。

明らかな動揺がその身を震わせ、銃口が、美知子の肩口に上がった。

何を見ている⁉

その身体へ、黒い塊《かたまり》が躍《おど》りかかったのだ。

凄まじい唸りと低い苦鳴《くめい》が玄関先で入り乱れた。

美知子は走り出した。

死闘の方を見ようともしなかった。何も見たくなかった。

夢中でもと来た方角へ走った。


すぐに案内所が見えた。

とび込んだ。

誰もいない。

すぐに走り出て、交番へ向かった。

誰もいないという予感があった。

「ちょっと」

声をかけられて立ち止まるまで、数秒を要した。

ふり向くのが怖い。

ぐら、と人影が前方に立った。

「どうしました？」

制服姿は、確かにさっき美知子を送ってくれた若い警官だった。おお、ロボットもいる。

「先生が――みんな消えてしまった。ピストルを持った男が――でも、そいつは死なないんです」

警官は顔を見合わせたが、美知子を見る眼には同情と悲痛が溢《あふ》れていた。嘘ではないとわかっているのだ。ここは〈歌舞伎町〉なのだから。

「わかりました。では、本署の方へお送りしましょう」

　と警官はロボットを見て、

「ご安心ください」

「ありがとう。でも、私――『木亜羅病院』へ行けと先生から言われたんです」

「あそこか」

　警官はうなずき、右方へ遠い視線を送って、

「ここから三分です。すぐに行きましょう」

「ありがとう」

　生まれてはじめての、心底《しんそこ》からの礼であった。

　二人と一台は歩き出した。

　美知子が驚いたのは、ロボットの動きであった。下半身はキャタピラ走行だが、上半身は人間そのもので、自在に回転し、傾斜し、注意を怠《おこた》らない。通行人があわててよけるのが面白かった。これなら殺し屋の拳銃くらいビクともしまい。

　一〇歩ほどで警官が話しかけて来た。

「尾けられています」

「え？」

「次の路地を右へ曲がります。自分とこいつはそこで迎え討ちますから、あなたは走ってお逃げなさい。『木亜羅病院』は、突き当たりを左へ折れて、次の通りへ出たら、右へ二軒目です」

「わかりました。でも、相手は――」

「お任せなさい」

　警官は力強く断言した。これほど有難《ありがた》いことはなかった。

　路地を曲がってすぐ、

「走って」

　警官の叱咤《しった》を受けて地を蹴った。

　角まで行って曲がる。その寸前で立ち止まった。ロボットと警官は路地の中ほどで、黒ソフトと対《たい》峙《じ》していた。

　ソフトが拳銃を上げた。

　警官の前にロボットが移動し、拳銃を摑んだ。

　青白い光が闇を照らした。高圧電流を流したの

だ。

おっ⁉　と警官が呻いた。黒ソフトは平気で立っていた。

拳銃ごと右手を引く。

異様な音とともに、鉄の腕は肩からもぎ取られた。

コードや骨格が剝き出しの腕を黒ソフトは二メートル以上あるロボットの肩口に叩きつけた。

三トンを超す巨体がバランスを崩して、ブロック塀《べい》に激突した。

銃声が轟いた。警官がマグナムガンの引金《トリガー》を引いたのだ。

男がかすかによろめいた。巨牛をも一発で仕留める銃弾を食らった存在の反応ではなかった。

「貴様——何者だ⁉」

警官の誰何《すいか》を、押し殺した銃声が消した。男の拳銃は無傷だったのだ。

崩れ落ちる制服姿を庇《かば》うように、ロボットの巨体が立ち上がって、男に接近した。右手が男を指す。

三本の指の間に仕込まれた三〇ミリモーターガンが火を噴いた。マグナム拳銃弾の比ではない。一発で人間は血肉《ちにく》の霧と化してしまう。

そうなった。

ソフト帽は忽然《こつぜん》と消えて、路地の向こうで悲鳴が上がった。ソフト帽を貫通した三〇ミリ弾が通行人を直撃してしまったのだ。〈新宿警察〉は慰謝料を払わねばなるまい。ただし、はした金だ。〈新宿〉で生きるとは、そういうことなのだ。

軽い安堵が美知子の胸に生じた。

化物だろうとも、先進科学の結晶には勝てなかったので、エールを送りたい気分だった。

その眼の前で、ロボットが宙に浮いた。

4

キャタピラが激しく空《むな》しく回転した。ソフト帽が片腕で頭上に持ち上げているのだった。

「あなた——何なのよ？」

自分の声を、美知子は慄《おのの》きながら訊いた。

ロボットは頭部から地面に叩きつけられた。頭部がひしゃげ、モーター音が洩《も》れた。

機関砲が狂ったように火を噴く。コンピュータの制禦《せいぎょ》が狂ったのだ。アスファルトが吹きとび、ブロック塀に拳大《こぶしだい》の穴が穿《うが》たれる。塀は崩壊した。屋内の家族も只《ただ》では済むまい。

すぐに射撃は熄《や》んだ。モーター音だけが切れ切れに夜気《やき》を裂き、それも消えていった。

美知子は走っていた。

疲れが静かにゆっくりと胸を食《は》み、気力を消化していく。

足は「木亜羅病院」へ向かっていた。行ってどうなるものでもない。あいつはそこへも来るだろう。何度殺しても甦る男に打つ手はもうなかった。

それなのに当てにしている。最後の砦《とりで》だからか。


角を曲がると白い門と建物が闇の中に浮かび上がった。珍しく街灯が点いている。

鉄柵《てっさく》を押してとび込み、玄関のドアを開いた。

「助けてください！」

絶叫した。

待合室の患者たちが一斉にふり返る。まともそうな男もいれば、薬中《ヤクちゅう》とひと目でわかる焦点の合っていないやくざもいる。気にもならなかった。

靴を脱いで受付へ、

「頭がおかしいんです。映画で見た殺し屋のこと考えてたら、実体化して。次々に人を殺して追いかけて来るんです」

「なんでえ、そいつは？　任しとき、おれが始末してやらあ」

患者のひとり——麻薬《ドラッグ》のせいで黄色い眼をしたやくざが、ベルトにはさんだリボルバーを抜いて立ち上がった。

「外かい？」

「はい」

「よっしゃあ」

閉まるドアがたてた音を、美知子は頼もしく――空しく聞いた。

名前が呼ばれた。受付の小窓の向こうに白衣姿が見えた。顔は隠れている。

「奥の診察室へどうぞ。院長が診察します」

美知子はめまいに襲われた。

安堵と不安の混在した灰色の塊がぶつかって来たのである。

こんなに早く診て貰《もら》える。でも、その理由は？

ふらつく足で診察室へ入ると、マスクをかけた院長が椅子にかけていた。風邪が流行《はや》っているらしい。

その眼で見られただけで、美知子は陶然《とうぜん》となった。魅力を超した魔力を秘めた眼であった。

前の病院での診断も、はっきり伝わったかどうかわからない。

院長はうなずいた。

「いい薬――というか、治療法があります」

きっぱりと言った。

美知子は喜びのあまり、またも気が遠くなりかけた。

すんでのところで気を取り直し、

「お願いします」

虚《うつ》ろな声で言った。全身の感覚がひどく曖昧《あいまい》であった。眼の前の医師のせいだ。ひょっとしたら、この人も、殺し屋以上に不気味な存在なのかもしれない――そんな考えも浮かんだが、泡のように消えた。

「あなたの精神《こころ》には頼りになる存在が必要です。それを与えましょう」

と医師は言った。

「ただし、作るのに少々時間を必要とします。それまでの代用品を用意しました」

医師はテーブルの上を示した。今の今まで存在しなかったテーブルであった。その上に載っているのは、刃物の類だった。手術道具ではない。昔、何かで見たことのある彫物《ほりもの》の道具だ。

「あの――先生」

「三分で済みます。これでもなかなかの腕前でして」

「何をなさるんですか？」

「まあまあ」

何となくなし崩しにされて、気がつくと、ブラウスの左袖をめくり上げられていた。

木亜羅医師は肩近くを消毒し、針状の器具を当てた。軽い痺《しび》れがその部分に広がり――

「よろしい」

声と同時に消えた。

「これで、しばらくは大丈夫です」

「あの――完治とはいかないのでしょうか？」

「それは、ある瞬間が来るまでは不可能です」

「その瞬間って――すぐに来るんですか？」

「さて。時機については――あなた次第ですね」

「私？」

美知子は自分を指した。

「そうです。おそらく今回の出来事は、混沌に呑み込まれたままか、日常に復帰し得るか、すべてあなた次第なのです」

「それは、どういう？　じゃあ、私は何をすればいいんでしょうか？」

「戦う意思をお持ちなさい。強い味方を作りました。その前から別の味方もいます」

あの獣のことかと思った。

「では、お行きなさい」

院長は優しく言った。

「え？　もう？　あの――しばらくここに置いてください。入院は駄目《だめ》ですか？」

「入院しても何にもなりません。あなたを追っているのは、不可思議な敵です。あなたが始末するしかありません」

「でも――」

反論だけで、美知子はブレーキをかけた。

「――私には、あいつが何者なのか？　何故追われているかもわからないのです。先生――その二つだけでも何とかなりませんか？」

「そうですね――過去遡行《かこそこう》――催眠術をかけてみましょうか」

「え？」

「過去に何があったか探るには、あなたの無意識に問うのがいちばんです。あなたの記憶にない事柄も、それが体験したことなら、深層下《しんそうか》――無意識のレベルで保存されています。それを探るために、体験した時間まで遡《さかのぼ》ってみるのです」

「あの――危険は？」

「ないとは言えません」

医師はあっさりと口にした。

「あなた自身が封印している以上、それを守ろうという意識も当然働きます。その場合、意識は危険因子という形を取って、遡るあなたを殺そうとするでしょう」

「…………」

「それから身を守るには、あなた自身の意思の力しかありません。勝てばあなたの二つの疑問は解消されます」

「敗《ま》けたら？」

「廃人ですね」

「――凄いことを……あっさりと……」

軽い憎しみが医師に放たれた。相手はけろりとして、

「どうなさいます？」

と訊いた。美知子の答えはひとつしかなかった。

「受けます。術をかけてください」

すぐに闇が訪れた。

――手を叩く音が聞こえると、あなたはそこにいます

木亜羅医師の声が耳の奥で鳴った。

音がした。

闇は消えなかった。

美知子は歩き出した。

道などわからない漆黒《しっこく》の中である。

背後に蠢く気配があった。ひとつではない。おびただしい妖気が、ぞわぞわと尾けてくる。

美知子が恐怖のために足を止めなかったのは、前方に、小さな光が見えたせいであった。距離はわからない。しかし、そこまで行けば何とかなると信じることはできた。

急に足が早まった。いや、美知子自身が信じられぬ速さで移動しているのだ。光が迫って来た。

同時に背後の奴《やつ》らも。

熱く冷たい息が背中にかかった。身体中に毒が廻ったような気がした。

何かが当たった。

鋭い痛みが縦に走った。

切られた！

そう思った瞬間、美知子は光の中にいた。

そこは居間であった。

屋敷のような豪華な家具調度が、広い空間を埋めている。家具にはふんだんに黄金《きん》や宝石が使われている。

ここは自分の部屋だ、と美知子は確信した。だが、ここは何処だ？

急に世界が変わった。

美知子は暗い通りを歩いていた。

居間を出て、コンビニに向かっているのだ。あまりのギャップに、美知子の口もとには笑いさえ浮かんでいた。

今度は何の問題もなかった。コンビニでサンドイッチと、砂糖とクリームとインスタント・コーヒーが一包ずつになったコーヒーを買って、店を出た。同時に、店員も客も多い店内は、美知子を安堵させた。同時に、これは過去の自分なのだともわかっていた。

コンビニを出ると、右方に、小さな公園がある。
美知子はその前で足を止めた。
黒い子犬を抱いた男の子がしょんぼりと立ってい
る。
近づいて、
「どうしたの？」
と訊いた。
男の子は眼を拭《ぬぐ》って、
「捨てろって言われたんだ」
美知子は子犬を見つめた。こちらも事態を察した
のか、悲しそうな眼で見返して来た。動物は人間以
上に孤独に敏感なのだ。
「可哀想《かわいそう》にね」
としか言えなかった。
「これ、食べさせてあげて」
サンドイッチを少年に手渡し、子犬の頭を撫《な》でて
から、ふと、公園へ入りたくなった。少し行くと、
ありがとうという声が背中に当たった。ワン、と犬
が鳴いた。
奥へ進むとすぐ、左方の木立ちの間に、二つの人
影が見えた。黒いソフトにコートの男と、スーツの
上下を身につけたサラリーマンふうの男であった。
リーマンふうはアタッシェケースを両手で胸もとに
引き上げていた。理由はすぐにわかった。
ソフト帽の右手の拳銃が、そこを狙っているのだ
った。
「やめてくれ」
スーツ姿が身を震わせて叫んだ。低い声だが、美
知子にははっきりと聞こえた。
映画で聞き覚えのある押し殺した銃声が三度続
き、美知子を砂場の縁《へり》に凍りつかせた。
スーツ姿が倒れると、男はその頭部にもう一発射
ち込み、こちらを向いた。
影になった顔の中で、目ばかりが光っていた。そ
の瞳の中に、美知子が灼きついたに違いない。
男が銃口を向け――引金《トリガー》を引く寸前、恐怖が美知

子の呪縛《じゅばく》を解《と》いた。

身を低くして地に伏せると同時に、左手首のブレスレット型緊急信号装置をオンにした。探知した最寄りの警察からパトカーに連絡が行き、パトカーに直《ちょく》で届けば、その場から問答無用で駆けつけてくれる。レスポンスタイムは、平均二分。

今の美知子には遅すぎた。木立ちの間から、ソフト帽が現われ、砂場へと近づいて来る。

声も出なかった。立てば射たれる。

三メートル向こうで男は足を止め、拳銃を向けた。無言であった。自信に満ちた足取りと動作が、プロ中のプロであることを示していた。月光の下で、美知子は孤独な屍《しかばね》をさらす以外になかった。

「よく見ろ」

男が急に拳銃を上に向けると、銃把《グリップ》から弾倉《マガジン》を抜いた。

「この中に弾丸《たま》が入ってる。これから、おまえを射ち殺す弾丸だ。ゆっくりと殺し方を教えてやろう。まず、これをここへ戻す」

弾倉《マガジン》は銃把《グリップ》に押し込むと、カチリという音がした。

男は遊底《スライド》に手をかけて引いた。光る粒がとび出して足下に落ちた。

「先に入ってた一発だ。後で拾っとく。ここでこれを戻すと――」

遊底《スライド》はスプリングで戻った。

「この時、弾倉《マガジン》の上の一発が、薬室《チャンバー》という場所に入る。後は引金《トリガー》を引けば、ドカン、だ」

美知子は呆然《ぼうぜん》と見つめていた。

「くたばれ」

男が小さく言った。言葉自体が死であった。

美知子の眼の中に銃口だけが広がっていた。

「何してる?」

救い主も声であった。

男が右方へ銃口をスイングさせた。

銃声が轟いた。

ソフト帽が、びくっと身を震わせた。二発目の銃声と押し殺した銃声が重なった。

公園の出入口に立つホームレスは、右手のリボルバーを摑んだまま、万歳《ばんざい》の形で崩れ落ちた。

救世主に礼を言うどころか、気にもせず美知子は反対側の出入口へと走った。ふり返らなかった。ひたすら走った。

弾丸は追って来なかった。

携帯で警察署へ知らせてから、美知子は部屋へと戻った。関わり合いになるのは真《ま》っ平《ぴら》だった。携帯は随分《ずいぶん》前に買った登録の必要もない安物だし、それを売った店員が、自分のことを覚えているとは思えなかった。

部屋へ戻って驚いた。

「ここは?」

手入れは行き届いているが、平凡な2DKではないか。

——そんなはずないわ

だが、先刻の黄金の居間は跡形《あとかた》もなく、美知子の記憶もここが自分の部屋だと告げていた。

とにかくコーヒーを淹《い》れ、呆然とキッチンテーブルを前にしていると、チャイムが鳴った。

ざわざわと体毛が逆立ってくる。

インターホンのところへ行って、

「どなた?」

と訊くまで、十数秒かかった。

返事はない。

代わりに——チャイム。

「——どなたですか?」

もう一度訊いた。これで返事がなければ、インターホンについている警察への直接コールボタンを押すつもりだった。

すぐに女の声で、

「隣の橋本《はしもと》ですけど」

「あの、何か?」

「いえ、ちょっと外へ出てみたら、あなたの部屋の前におかしな男の人が立っていたものだから、お知らせしようと思って」

「――どんな人でしょう?」

「黒いソフト被って黒いコート着て」

美知子は地の底へ落ちて行くような気がした。

「ありがとうございます」

何とか精神状態を立て直し、改めて礼を言おうとドアを開けた。

声にふさわしい人物はいなかった。

黒いソフト帽を被った男は闇に閉ざされた顔に双《そう》眸《ぼう》を光らせていた。

「あなた……どうして……」

瞬時に悟《さと》った。公園からずっと尾けられていたのだ。ホームレスの銃弾がつけた傷が、すぐに追いかけて来ない理由だったに違いない。

返事は、上がった銃口だ。

血が音をたてて逆流して行く。そして、一点に吸い込まれた――左の肩口に。


それから、迸《ほとばし》る灼熱《しゃくねつ》が美知子を暗黒で包んだ。

5

椅子の上で、美知子は気がついた。

「木亜羅病院」だ。

「え⁉」

愕然《がくぜん》となった。美知子がいるのは朽《く》ち果てた建物の一室だったのだ。天井は落ち、壁は崩れ、横倒しになった棚のガラスは砕《くだ》け散っている。何もかも埃《ほこり》にまみれ――ここが死んだのは何年も前だと訴え続けている。

すべて幻覚だったのか。

だが、幻の医師の手によって、美知子は過去へと精神を送り、自らの恐怖の原因を突き止めた。

隣人を襲った殺人者の手を何とか逃れて〈新宿〉へやって来たものだろう。しかし、ここへも殺人者は追って来た。

これでわかった——とは言えない。現在の怪奇な状況の説明はつかないままである。たびたび窮地《きゅうち》を救ってくれる獣の正体は？　消え去った木亜羅医師は何処に？

待合室へ出た。

荒れ果てた部屋には誰もいなかった。干からびた雑誌や穴だらけのソファが美知子を笑っているように見えた。

「——どうすればいいの？」

「——何処へ行けばいいの？」

二つの問いを繰り返しながら、美知子は外へ出た。

廃院をふり返りもせず、歩きはじめた。

前の通りを進み、次の角を左へ折れたとき、足先が何かにぶつかった。

半《なか》ばミイラ化した白骨であった。右手に錆《さ》びついた拳銃を握っている。

あの時、おれが始末してやると、病院をとび出したやくざ者に違いない。あれは——いつの日のことだったのだろう。

両手を合わせ、美知子はその場を離れた。

夜は明けることを知らないようであった。

皓々《こうこう》と照る月光の下で、人々は行き交い、酔っ払い、喧嘩をし、美知子は独《ひと》りだった。

眼についた飲み屋に入った。

人の多いところにいれば、殺し屋もおいそれとは手が出せまいと思ったのである。

サワーを頼んで二杯空けたとき、肩を叩かれた。

格好でひと目で易者と知れた。

「妙な相《そう》を持っておる。気になってな」

「妙な相って何ですか？」

美知子は酔いも血も凍る思いで訊いた。

「私——誰かに追いかけられているんです。そいつは何度殺されても後を追って来る。死神みたいな奴なんです」

一度、堰《せき》を切ると美知子の舌は休みなく動いた。

正《まさ》しく一気にこれまでの事情を訴えると、易者は真剣で深刻な面持《おもも》ちでうなずき、

「わしは伯林堂《はくりんどう》という者だ。我が顔相見《がんそうみ》に、久方ぶりで自信が持てたわい。ここで会《お》うたのも何かの縁じゃ。あなたが悪運から逃れる方法と方角とを占って進ぜよう」

願ったり叶《かな》ったりとはこれである。美知子は、しかし、頭から歓びはしなかった。これまでの経緯を考えれば、何処へ逃げても、黒ソフトはやって来る。

「疑念はもっともじゃ」

美知子は、ぎょっとした。この易者は人のこころが読めるのか。

「世間は言う。当たるも八卦《はっけ》、当たらぬも八卦とな。だが、この伯林堂の占いは必ず当たる。見てごらん」

易者はかたわらの風呂敷《ふろしき》包みの中から旧式のｉＰａｄを取り出し、画面を操作した。

「伯林堂先生って最高」

「信じられないわ。一〇年間付きまとった悪霊《あくりょう》がその場で消えちゃった」

「夫の浮気癖《ぐせ》が、お教えいただいた呪文ひとつで治りました」

こんな書き込みが群れを成している。

「締めて一〇万以上。ネットが炎上しかけたわい、ふぉっふぉっふぉっ」

「凄いですね」

感心しながらも、美知子は半ば呆《あき》れた。

――女性ばっかり
「悪いか？」

伯林堂が睨みつけた。

「いえ、でも、女性が沢山《たくさん》いますね」

「わしの占いの信憑性《しんぴょうせい》を保証してくれるのじゃ。男も女もあるまい」

美知子は腹の中で舌を出した。久しぶりに笑える

相手に出くわしたらしい。

「で、どうすれば？」

「その前に見料《けんりょう》じゃな」

来たな、と思った。

「ホテル？」

「うむ、察しがよろしい」

「あーあ」


老人の責めは果てがなかった。舌と唇だけで、美知子がイッても延々と責めてくる。その動きが肉体を狂わせ、生々しい音が耳から欲情させる。

こらえきれずに何度も逃げようと腰をひねったが、力ずくで引き戻され、責め地獄を味わわされた。

何度も失神した。

暗黒の中で、

「これはもういかんな」

「ドクター――でも駄目――すかね？」

「おれたち――見た――わかるんだ――魔界――の出番は――いね」
最後の無意識から眼醒めると、ベッドには美知子ひとりであった。
愕然と見廻すと、バスルームの方からシャワーの音が、安心を運んで来た。
指と舌だけの責めだから、快楽の残滓《ざんし》はあっても、肉体の疲労はさしてない。
ぼんやり天井を見上げていると、水音が熄んだ。
また天井を見上げているうちに気がついた。
いつまでたっても出て来ない。
美知子はガウンをまとい、ペーパー・ガンを摑んで、バスルームへ向かった。
内部に人影はなかった。
シャワーを止めて、気のいい好色な易者は、何処かへ行ってしまったのだ。
――ここもあいつが
出ようとして気がついた。

ドアの内側のガラスに、入るときは確かになかった文字が赤々と。血であった。流れはじめているが、すぐ読めた。

南南西
糸

方角と殺し屋にとどめを刺す方法か。

南南西はともかく、「糸」とはどんな意味だろうと、美知子は考えた。

だが、伯林堂が消えた以上、一刻も早くここを出なければならない。〈歌舞伎町〉の一角に林立《りんりつ》するラブ・ホテルの一軒であった。

広い坂道へ出て、タクシーを拾った。

南南西へやってくれと言うと、運転手はナビを見て、〈十二社《じゅうにそう》〉の方ですね、と言った。

走り出してすぐ、美知子はおかしなことに気がついた。

運転手が震えている。

あまり露骨《ろこつ》なので、

「病気？」

と訊いた。

「いえ」

「でも」

「これですか？　何だか不安なんです。さっき乗せたお客さんもそう言ってました」

「不安？」

同じだと思った。彼もその客も、何かに追われているのだろうか。

「とても怖いんです。変なことが気になり出して」

「そのお客さんも？」

「ええ」

ルームミラーに映る運転手の顔は怯えきっている。

「どうしたの？」

と訊いた。

「あの――おれもそのお客さんも、間違っているんじゃないかと思いはじめたんです」

「…………」

「そんなふうになったのは、一五、六分前ですが、急に――自分はここにいるべきじゃないんだって」

道はタクシーと乗用車が列を作っている。美知子の車はのろのろと、しかし、確実に進んで行く。

「この通り何ていうの？」

「〈旧区役所通り〉です。右方がもと区役所。今は〈メフィスト病院〉ですよ――どうしました？」

「何でも」

と答えたものの、美知子の胸はまたも不安の熱に灼かれはじめている。通りも病院の名も、記憶にはなかったのだ。

「ひょっとして、お客さんも怖いんじゃないんですか？」

ええ、とても。けど、あなたたちと同じじゃないの。私はこの世界にちゃんと存在しているわ。


「うわ!?」

と運転手が叫んだ。

「どうしたの!?」

「右の通りを歩いてた連中が、いきなりまとめていなくなっちまったんです。あたしゃ見てたんだ。ふいっと空気に溶け込むみたいに。そうだ、やっぱりそうだ。おれたちは、ここにいちゃいけない存在なんだ」

「ちょっと、しっかりしてよ」

美知子は夢中で励《はげ》ました。ここで降ろされては敵《かな》わない。

「大丈夫ですよ」

運転手の顔は汗で埋もれていた。顔と頬《ほお》を手の平で拭い、

「ちゃんとお送りします。おれがこの席にいる限りはね」

美知子は返事をしなかった。今、確かに右側の通りで、まとめて五、六人が消えるのを目撃したので

ある。それは、鮫《さめ》に肉体の一部を咬《か》みちぎられた鯨《くじら》みたいな、凄まじい光景であった。後ろの連中がそれに気づいて、パニックに陥った。四方を見廻して何か叫んでいる。美知子はウインドウを開けた。

「次はおれだ」

学生らしい若者が路上に坐《すわ》り込んで頭を抱えた。

連れらしいひとりが、

「みんないなくなっちまう。おれにはわかるんだ。おれたちは、ここにいちゃいけないんだ」

通りかかったリーマン集団が、彼らの腕を取って連れて行こうとした。

「何をする？　あんたたち誰だ？」

「〈区民〉だよ。でかい声を出すな」

とひとりが言い、二人目が、

「みんなわかってるんだ。おれたちはこの世界にいちゃいけないんだってな。さ、あっちで一緒に飲もう」

と促したところで、タクシーは走り出した。

ウインドウを閉める美知子へ、

「あんた――平気なんですか？」

と運転手が、ぼんやりと訊いた。

「いえ、恐ろしいわよ」

運転手はルームミラーの中で、凶悪な目つきになった。

「本当に？」

「本当です」

〈靖国《やすくに》通り〉を右へ折れると、すぐに〈大ガード〉である。

抜けたところで止まった。

「どうしたの？」

「わかるんだ。おれはもういなくなる。ひとりで行ってください」

「ちょっと――そんな」

「早く降りて」

開いたドアから抜けた。路上に立って睨みつけた。

運転手は消えていた。

6

下車した地点から〈十二社〉へ行くには、〈中央公園〉の横を突っ切るのがいちばん早い。いわずと知れた〈最高危険地帯《モースト・デンジャラス・ゾーン》〉である。

背後の気配を感じたのは、左手にそびえる〈公園〉の塀に差しかかったときである。

ふり向いた。

黒ソフトの男であった。美知子はもう怯えなかった。恐怖心は去っていた。何もかも消えてしまうのだと思い定めたせいかもしれない。通りには誰もいなかった。車すら通らない。

ひとつふたつ残った街灯の明かりだけが、寒々しい通りを照らしている。

「あなたが誰だなんて、もう訊かないわ。随分《ずいぶん》長いこと追いかけて来たの？　それとも、一日だけ？　きっと、私たちのどちらもわからないんでしょうね」

すでに抜いておいたペーパー・ガンを向けた。

男は先に構えていた。

消音器の呻きとともに、美知子の美貌は破壊された。紙の銃把《グリップ》のみが手の中に残った。

美知子は眼を閉じた。

死ぬのと消えるのとはどう違うのだろうかと思った。

左の肩が熱い。それはみるみる灼熱と化した。

一点に集中――放出する。

美知子の肩から躍《おど》り出たものは、巨大な蜘蛛《くも》としか言いようがなかった。消音器の発射音に重なって、肉と骨を咬み切り、食いちぎる生物の下で、男の苦鳴が長く伸びた。

木亜羅の腕は確かだったのだ。

美知子は駆け出した。信号も気にせず走りに走った。

通りの右方に一軒の家が立っていた。

せんべい屋と看板が出ている。

閃《ひらめ》いた。それは確信であった。

あそこだ。あの家が目的地だ。

シャッターが下りている。

上から叩いた。

「助けて」

叩きながら、来た方向を見た。いない。

シャッターの向こうで、鍵を外す音がした。

耳障《みみざわ》りな音をたてながら上がっていく。後は自動らしい。

中にいる人物が見えてきた。

黒いズボン、黒いコート、黒いソフト、影に隠れた顔。

美知子は後じさった。

男が銃を向けた。

逃げられなかった、と頭をかすめた。


男が中から出て来た。

その手首から先が路上に落ちた。

血の噴出する傷口を押さえながら、男が右方を向いた。

建物の横は垣根《かきね》になっている。そこから、男と同じ黒ずくめのコート姿が現われたではないか。

「あなたは!?」

彼だ。ずっと会いたいと思っていた。救ってくれると思っていた。現に間一髪《かんいっぱつ》のとき現われてくれた。ほんの一瞬の邂逅《かいこう》と救出だったが、見間違えようもない。

とうとう会えた。最後の最後に。

何もかも失われてしまう前に。

二人を見比べているうちに、奇妙な考えが美知子の脳に湧いた。

まさか、と思った。

いや、そうだ。それなら、男が店の中から出て来た理由もわかる。けれど——まさか。

何かが男と美知子の鼻先で閃いた。光だったと思う。

男のソフトが二つに割れて足下に転がった。のみならず、顔を覆う影さえも、仮面のように――いや、影の面だったかもしれない――切り割られて、下の顔をさらした。若者と瓜二つ《うりふた》――否《いな》、同じ顔を。

「やっぱり――おまえか」

と美しい若者が言った。

「そうだ。ずっとおまえだった」

黒ソフトが答えた。

「そうだったのね」

美知子はつぶやいた。

これまで会った男たちの顔が一瞬のうちに頭をかすめた。

〈歌舞伎町〉の警官、最初の医者、木亜羅医師――自分を助けてくれた人々が、みなマスクをつけていたのは何故か。あの美しい眼――あれもみな同じだったではないか。殺し屋までが。

殺人者と救命者――なぜ、二人ともこの人なのか。

黒ソフトが、こちらを向いて微笑した。

「やめて……」

美知子は祈るように言った。そんな眼で見られたら、それだけで死んでしまう。

「どうして、僕が君を狙ったのか、と訊きたいのか？」

美知子の返事を待たず、

「それは間違いだ。君が僕にそうさせたんだからね」

「そんな……そんな……嘘よ。私は〈区外〉で殺人現場を目撃して、追いかけられて、そいつの正体を暴《あば》いてもらおうと〈新宿〉へ……」

「殺人現場にいたのは、僕か？」

背筋《せすじ》に稲妻が走ったようであった。美知子は立ちすくんだ。

殺人者の顔は――別人だった。

「僕は君に作り出されて、君の願いどおりに行動しただけだ。と言っても理解はできないだろうが」

美知子は激しくかぶりをふった。

「私があなたを作り出したって？　それで私を殺させようとした？　そんな莫迦《ばか》な。考えたこともないわ」

「頭の中で考えるのと、精神《こころ》の底の底――果てしない深いところで考えるのとは違うのさ」

「……どうして、私が、そんなことを？」

「じき――何もかも終わるぞ」

と黒いソフトが言った。

「わかってる」

と黒いコートの若者が答えた。月光の下の何たる美しいやりとりか。

黒ソフトが言った。

「しかし、やるべきことはやらなくてはならない」

「当然」


月光が急に冷たさを増した。

「やめて！」

黒ソフトの左手が火を噴いた。地上の右手に拳銃はなかった。

黒いコートがよろめいた。弾丸は胸に命中していた。

同時に、黒ソフトの頭部も鮮やかに宙に舞った。月光を友に、それは路上で赤いしぶきを飛ばした。

「嫌あ！」

美知子は絶叫しつつ、さらに後じさった。

「どうしてこんなことに？　私は――助けてほしかっただけなのよ。あなた方も間違えて、この世界にいたの？　もうすぐ消えてしまうの？　この世界には、私しか残らないの？」

「違う」

美しい首が応じた。

仰向けに倒れた若者が続けた。

「すべては君が望んだことだ。僕たちが――いや、

僕がこうなるのも」

「君は知っていた」

と首が言った。

「何もかも失われてしまうことを。この世界も君も残りはしない」

「そんな……私は……」

左方から、巨大な気配が近づいて来た。

ふり向いたとき、美知子の覚悟は決まっていた。

途方もなく巨大な黒い影が視界を埋めようとしていた。

二つの光る眼を持っていることが不思議だった。

ごお、と何かが唸り、すべては暗黒に包まれた。

「とうとう来たな」

と黒ソフトらしい声が言った。

「今までよく保《も》った」

黒いコートの声が受けた。

「――じゃ、ひと休み」

「長いひと休みだけど」


暁光《ぎょうこう》の下で何人もの男女が、ひとりの女を取り囲んでいた。〈十二社〉にある名物せんべい店の前の路上で、轢《ひ》き逃げされたものであった。飼い犬らしいシェパードの死骸《しがい》も並んでいる。発見されたのは五分ほど前、発見者はほとんど同時にそこを通りかかった巡回中の警官と朝刊配達の若者であった。

すぐ〈警察〉と〈メフィスト病院〉へ連絡したが、間に合わないのは一目瞭然《いちもくりようぜん》であり、警官の要請で近所の医師が駆けつけたときはもう、こと切れていた。

三人で手を合わせてから、若者が医師に、

「ね、先生、前に読んだんだけど、あれですよ。霊魂離脱って奴。あれが本当だとすると、この女性《ひと》の魂はまだおれらの周りをうろついているんでしょうか?」

〈新宿〉の医者らしく、考え込んだところへ、しゃがみ込んで所持品検査していた警官も、

「そういえば、自分も、死ぬ寸前、人はそれまでの一生をまとめて眼《ま》のあたりにすると聞いた覚えがあります。あれは医学的にはどんなものなんでしょうか？」

医師は白髪頭《しらがあたま》を掻《か》いて、

「そっちの専門ではないのでね。しかし、この街に暮らしていると、どんな奇妙な現象でも否定はできなくなるな。ひとつ保証できるのは、人間の精神《こころ》とは不可解そのものということだね」

「はあ」

二人合わせての反応に、医師は苦笑した。

「お二人が発見して、二分も保たなかったということだが、その間に被害者が死にゆく意識の中で何を見、何をしたかは想像もつかんね」

「やっぱりこう、死神みたいなものに追っかけられるんですかね？」

若者は興味津々《しんしん》であった。

「この女性《ひと》自身の精神や記憶の中にある存在が、生死を賭けた葛藤《かっとう》の中で様々な形で現われる――それは充分考えられることだ。救いを求める彼女を邪魔しよう、或《あるい》は救おうとする連中が、実はすべて彼女自身の精神の産物とは、考えてみれば救われないともいえるな」

「一発で救い主が現われ、安らかに昇天するというわけにはいかんのですか？」

警官はさすがに痛ましそうである。

「そうなればいいのだが、我々自身の見る夢を考えた場合、そう上手《うま》くいくとは考えられんな。逆にいうと、これは当人の性格によるが、救ってほしい相手が、殺人者という場合もままあるのではないかな」

「何です、そりゃ？」

「人間の精神の底には、本人もどうしようもない自己破壊の衝動が息づいているということだ。表面では助けを求め、その実、そんな自分を抹殺《まっさつ》してしまいたいと願っておれば、救い主と殺戮者《さつりくしゃ》が同じ存在であってもおかしくはあるまい」

医師の言葉に若者が哀《かな》しげに、

「——何か救われませんねえ」

と洩らした。

「車にはねられて死ぬまで五分とたたない間に、どんな体験を頭の中でしたんでしょうか」

「誰にもわからんなあ」

医者がぼんやりと早朝の通りを見渡したとき、少し離れたところを検証していた警官が、

「こんなものを見つけたよ。こりゃ剣呑《けんのん》な用があったのかな」

ペーパー・ガンを持ち上げて見せた。

三人の眼は、少し離れたところに建つ一軒の店舗に吸いついた。

「ここへ来るつもりだったのか」

と警官がつぶやいた。

「多分。誰かに狙われていて、その相手か雇《やと》い主《ぬし》を突き止めたかったんだろう。〈区外〉の人間だが、何処かで噂《うわさ》を聞きつけたんでしょうな。〈新宿〉一の人捜し屋《マン・サーチャー》の名を」

「それとも、噂——以外に顔を見たんですかね？」

少々、ゴシップじみた若者の問いに、残る二人は首を傾げ、

「わからんねえ。ひょっとしたら、何処かで見かけたか、裏ガイドブックの盗み撮り写真でも眼にしたか——」

その時、問題の店の枝折戸《しおりど》が開いて、黒いコート姿が現われた。

その美貌に陶然と思考も失った三人とは反対側の歩道を、世にも美しい若者は無言で歩み去った。女の死体を見ようともしなかった。

路地裏の歌い手

1

春がいいと言う。
夏がいいと言う。
秋がいいと言う。
冬がいいと言う。
その路地から聞こえる歌声のことだ。

秋《あき》せつらがそれを聞いたのは、夏——ただし〈新宿御苑《ぎょえん》〉の木立ちが、瑞々《みずみず》しい色彩《いろ》を一斉《いっせい》に喪《うしな》いはじめる晩夏《ばんか》の頃であった。

世界中から観光客が押しかけ、うち何割かは戻って来ないという〈歌舞伎町《かぶきちょう》〉。日ごと夜ごと新しい路地、小径《こみち》が生まれ、立入禁止《キープアウト》のテープを張る警官と〈区役所〉の担当者は、二四時間、駆けずり廻《まわ》らなくてはならない。

せつらの記憶では、ひと月前そこを通りかかったとき、その路地はなかった。

潜伏中の殺人者を追いつめ、〈区外〉から追って来た私立探偵に引き渡しての帰りである。〈ラブホテル街〉近くのタイ料理屋で夕飯を摂《と》り、足を踏み入れたのは、かつて隆盛《りゅうせい》を極《きわ》めた大阪の吉本《よしもと》興業、その「東京本社」であった小学校舎を左に見ながら、〈靖国《やすくに》通り〉へと通じる通りであった。右方には〈温泉〉のビルがあり、小学校舎の先は、もう一本左——〈花園《はなぞの》神社〉の参道へとつながる石段がある。

月が出ている。それ自身光を放つようなまばゆい月であった。

足を止めて見上げれば、周囲の連中はうっとりどころか、恍惚《こうこつ》と倒れ伏すだろう。写真にして売り出せば、軽く千万プリントを超し、せつらのバイトのみならず、〈新宿〉の一大産業になり得る。残念ながら、せつらにそんな趣味はない。

ぶらぶらと通りを上がっていく。

その足が止まった。

右方には台湾《たいわん》料理店や、趣味でやっているとしか思えない奇妙な飾りつけの飲み屋とバーが数軒、軒《のき》を連《つら》ねている。もう一本先を右へ折れると、〈ゴールデン街〉だ。

飲み屋とバーの間に細い路が出来ている。せつらも知らぬ道であった。

人々のざわめきが聞こえる。〈新宿〉が出来たときからありそうな、古い土塀《どべい》や白いビルの奥に、一〇人ではきかぬ人数が集まっているらしい。

ざわめきが熄《や》んだ。

せつらは、ふと、月を見上げた。

官能ともいえる呻《うめ》きが周囲で上がった。よろめく影に混じって、倒れる音が上がる。月とせつらの犠牲になった通行人たちであった。

路地の奥から、爪弾《つまび》くギターの音と歌声が流れて来た。せつらに月を見上げさせたのは、その歌声であった。

ドアの前にあなたがいるわ
だけど　私は行けないの
春に待ち　夏に待ち
秋に待ち　冬に待ち
やっとあなたが来てくれた
だけど　私は行けないの
ごめんなさいね　ドアを閉めて
私はずうっと待っています

ギターと歌が熄んでも、拍手は起こらなかった。みな歌声が喚《よ》び醒《さ》ましたものをひっそりと抱きしめて、愛について考えているのだった。

せつらは路地へと足を進めた。

一五メートルほど進むと広場になっていた。

スチールの椅子《いす》とプラスチックのテーブルが並び、人々はその周りで月光を浴びていた。テーブルに載《の》っているワインやウイスキーやコーラ、ホットドッグや焼きそばや、おでんや、いか焼きやハンバーガーは、彼らが見上げる建物の広い戸口に、屋台が並んでいるのだった。

建物は決してそこにあり得《え》ない、ヨーロッパのシャトーを思わせる白い石造りのマンションであった。

テラス付きの窓が五階分続き、歌声とギターの主は――いなかった。

観客たちの恍惚たる視線は、四つ並んだ二階の窓の右端を差していたが、楕円《だえん》のガラスの内側には、青いカーテンが下りて、歌い手の神秘を維持していた。

せつらが、スープの屋台へ行って、はまぐりスープを注文したとき、誰かが、もう一曲と叫んだ。同調の声はまばらで、拍手はさらに少なかった。みな、歌声の見せた夢から醒めていないのだ。

月光がせつらの勘《かん》をいつもより鋭くさせていたのかもしれない。視線を感じた。そちらを見た。

二階の窓であった。青いカーテンの合わせ目に乱れが生じていた。隙間《すきま》が見えた。黒い瞳が自分を映しているのにせつらが気がついたかどうか。

だが、カーテンはすぐに閉じられた。

「誰も顔を見てねえんだ」

いつの間にか、せつらの右側に若い男が立っていた。服装と安物のバッグから見て、学生らしい。

「あの部屋に暮らしてるのはわかってるんだが、一度もテラスへ出て来たことがねえ。この時間になると何曲か弾いて歌うんだ。どれもオリジナルだけど、いい曲ばっかりだぜ」

若者はLサイズのカップからコーラを吸い上げた。

「プロ？」

とせつらは訊《き》いた。

「違う。プロになっても、たちまち賞を総なめだろうけど、デビューはしてねえんだ。今はプロになってこき使われるより、好きな歌を好きな環境で歌うのがいちばんだと考えるシンガーのほうが多いよ」

「プライベート・コンサート？」

「そうだな。〈歌舞伎町〉でもあちこちでやってるよ。プロになる連中も多いけど、大概《たいがい》は合わねえって戻って来るよ」

せつらもそれは知っている。

〈新宿〉出身の歌手はそれなりに〈区外〉へ羽搏《はばた》いている。羽搏きが途中で止まるのは、やはり〈新宿〉のせいである。〈新宿〉での活動中に見出《みいだ》される彼らの実力には〈新宿〉ならではの特質——〝妖気〟が上乗せされるのだ。

専門家たちの分析により、この〝妖気〟は、熱意や執念に反応し、その増幅を助ける。つまり、作家、画家、音楽家やスポーツマンのような、情熱を燃やす人々は、〈新宿〉という環境において、実力以上の力を発揮し、誰にも毫《ごう》も異常を感じさせないが、ひとたび〈区外〉へ行動の場を移すやいなや、〝妖気〟は過激なプレイや言動となって、観客を狂乱させるのであった。狂乱はファン同士の口論や喧《けん》嘩《か》、ひいては殺し合いにまで発展し、非難は表現者に及ぶ。〈新宿〉からの星《スター》は〈新宿〉へと落下する他はないのであった。

〈区外〉でもそうだが、こういう人衆路線に背を向けて、本来の自分の嗜《し》好《こう》を探究しようと考え、実行する者たちが現われる。

典型的な例が〝セルフ・プロデュース・アイドル〟と呼ばれる一群の若者たちである。かつてのシンガー・ソング・ライターたちが、大衆路線との訣《けつ》別《べつ》を意図しながら、結局は混交《こんこう》し、同化の道を辿《たど》ったのとは異《こと》なり、訣別すら意識になく、自ら曲を作り、或《ある》いは依頼し、会場を契約した上で、宣伝はネットと口コミのみ——コンサートは学校や会社の終わった後か休日というある意味〝異端〟かつ〝真っ当〟な路線をひた走る彼らには、まず大手音楽企業からも誘いの手は伸びない。

これは絶対的な力量不足——素人《しろうと》芸という限界の故《ゆえ》なのだが、今、せつらが耳にし、数十名の男女を恍惚とさせる歌声は、確かにこのまま放置し、知るものぞ知るのレベルで忘却《ぼうきゃく》されるには惜《お》しい、と思わせるに足るものであった。

「アンコール」

また声が上がった。

おお、の叫びと拍手は勢いを増していた。恍惚の代わりに期待が顔という顔を染めている。いつもは叶《かな》えられるのであろう。

だが、青いカーテンはいつまでも開くことはなく、せつらもじき小さなコンサート会場を後にした。

通りへ向かう隣で、一緒に歩き出した足音が、

「泣けてきた」

という声になった。

一〇歳くらいの少年が涙ぐんでいる。長い髪と垢《あか》じみた肌、それとなく悪臭が漂《ただよ》う身体《からだ》――ホームレスだろう。手に小ぶりな花束を提《さ》げている。

「おれ、感動しちゃったよ。あんまりいい声聴《き》かせてくれるから、今日は花束持って来たのに、やっぱり出て来てくれなかった。曲も一曲だしさ。ね、明日も来る?」

せつらが答えずにいると、少年は花束を押しつけて、

「おれじゃきっと受け取ってもらえないけど、お兄ちゃんなら大丈夫だと思う。いい男だもんなあ。おれの代わりに渡してくんないか? 屑拾《くずひろ》いのバイトして、やっと買えたんだ、この花」

赤い薔薇《ばら》が三本。瑞々しく、ひっそりと、小さな想いを湛《たた》えている。

「明日、会おう」

少年は笑いかけ、片手を上げてせつらから離れた。

〈靖国通り〉を右へと走り去るのを見届けてから、せつらは三本の花をコートのポケットへ収めた。

二歩進んだところで、背後から足音が追って来た。必要以上に大きい。怒りと――恫喝《どうかつ》を込めてい

るのだ。

せつらを取り囲んだのは四人。さっきのコンサート会場で見かけた観客だ。中年が二人、若いのが二人。闇と月が顔を支配する怒りと憎悪を斑《まだら》に見せていた。

中年男の片方――ハンチングを被《かぶ》った男がせつらを指さした。指は震《ふる》えていた。上記二つの感情プラス恍惚で。

「おまえのせいだ」

ハンチングは低く喚《わめ》いた。

「?」

とせつら。

「おまえ――あの女性《ひと》と眼を合わせただろう。それであの女性は歌えなくなったんだ」

「はあ」

せつらは言いがかりだと思っている。

「おれたちはあの女性のファンだ。あの路地が出来て、あの広場があって、あの女性が歌い始めてからのファンだ。毎晩、あの女性は最低二曲は歌ってくれる。気が乗れば一〇曲だって。おれたちはそれを楽しみに一日の仕事を何とか終えて、あそこへやって来るんだ」

「へえ」

「貴様《きさま》――聞いてるのか?」

赤い半袖《はんそで》のシャツとジーンズの若いのが歯を剝《む》いた。向かって右の一本が欠けているから、あまり凄《すご》みがない。

「おれたちは遊びであそこへ行ってるんじゃないんだ。あの女性の歌を聴くと、一日の疲れや、これから先の人生が何とかなるように思えてくる。本当は真っ暗で動きも取れない人生が、そうでもないように思えるんだ。貴様が何者か知らんが、それだけの色男だ。おれたちの気持ちなんかわかりゃしねえだろう」

「きっと女に貢《みつ》がせて生きてるんだぞ、こいつは」

もうひとりの若いのは、六〇センチほどの衝撃波棒を振った。縮《ちぢ》めれば三〇センチ、伸ばせば一メートル半にもなる金属の棒は、グリップに仕込んだ単三電池三本と増幅装置のおかげで、数値で一トン、具体的にはヘビー級の世界チャンピオン・クラスがやや手加減したパンチに匹敵《ひってき》する運動エネルギーを触《ふ》れた相手に叩《たた》きつける。一本一〇〇〇円のお手頃護身武器としては立派な性能で、すでに一万本が〈区内〉、五〇万本が〈区外〉でさばけたという。〈新宿〉が誇るヒット作である。

「許せねえ」

四人は勝手なごたくで盛り上がった。

「それで？」

あっけらかんとせつらが訊いた。

「こいつ、居直ったぞ」

「反省もしていねえ」

「や、やっちまえ」

遂《つい》に、というわけだが、何処《どこ》か一本筋が通っていないのは、せつらの美貌《びぼう》による。最悪の殺人狂でも持ち合わせている美的感覚というのは、せつらと戦う際の最大の障害であり、せつらにとっては最大の武器なのであった。

二人目の中年が、ベルトの背中へ手を廻し、幅広のナイフ——というより刃だけで三〇センチもある蛮刀《ばんとう》を抜き取った。せつらに突きつけて、

「こ、これで、おまえの顔の皮を剝《は》いでやる」

と喚いた。小学校の方からやって来た通行人が、あわてて引き返していく。

「それを届ければ、明日からまた何曲も歌ってくれる。おれたちは夢見心地《ゆめみごこち》で、明日から人生に立ち向かっていけるんだ」

「それはそれは」

「この野郎！」

衝撃波棒をふりかぶった若者が右から突っかけて来た。

それはせつらの鼻先一センチ足らずで風を切った。見えない糸が邪魔に入ったのだ。

だが、せつらも、

「あれ?」

とつぶやいた。糸は二センチ手前の空間を薙《な》ぐはずだったのだ。

――指が動かない
殴《なぐ》りかかって来た赤シャツの若者から身を躱《かわ》す瞬間も、足さばきが遅れた。風が顎《あご》に当たる。危《やば》い。

「およしなさい!」

鋭い叱責《しっせき》が生じた。あの路地から出て来た影だと見抜いたのは、せつらひとりであった。四人組――ひとりは路上で固まっているから三人組だが――が、一斉にそちらをふり返り、動揺を隠さず、

「マネージャー」

と叫んだ。

2

ヘルメットと革《かわ》ジャン姿が小柄なせいで、七五〇《ナナハン》ccのバイクが異様に大きく見えた。

ゴーグル付きでわかるのだから、このスタイルは恒常的《こうじょうてき》なものなのであろう。

「みずきの名前が出そうなトラブルはやめてください」

声を聞くまでもなく女と知れた。

怒気《どき》を含んだ声の迫力もあるが、男たちがひるんだのは、女の立場のせいに違いない。

「いや、おれたちは何も」

「話していただけさ」

武器を収めるや、足早に歩《あゆ》み去ってしまった。

せつらはバイクに身体を向けて、

「大物だ」

と言った。

「ごめんなさい。悪い人たちじゃないんだけど――入れ込み過ぎなのよね」

ゴーグルを取った。月はタイミングを測《はか》っているのかもしれない。かかっていた雲が去り、月光が世

界を白く染めた。

化粧っ気《け》のない顔は、美しさより可愛《かわい》らしさが目立つつくりだった。もちろん、ゴーグルを取った刹那《せつな》に溶けていい、いる。

「これじゃ……無理ないわ」

呻くというより、夢うつつという声が、小さな唇から洩《も》れた。

「危ないと思ったけど、確かめなくちゃと——ああ、見るんじゃなかった」

女はがっくりと首を垂《た》れ、ヘルメットを外した。黄金色《こがねいろ》の髪が、滝のようにこぼれた。

「私——天元《てんげん》リコ。みずき——あそこで歌ってた歌手のマネージャーです」

「はあ」

リコは、うっとりと、しかし、少し笑いを含んだ。

「全然、ファンじゃないのね。だと思った。自分を愛してる?」

「はあ?」

「——いえ、いいんです。とにかく、ファンの人が迷惑かけました。ごめんなさい」

「いや」

軽く会釈《えしゃく》して、せつらは〈靖国通り〉の方へ歩き出した。

さっきの少年と同じ方へ曲がっても、熱い視線はその背から離れようとしなかった。

まだ帰宅とはいかなかった。

〈四ツ谷駅《よつや》〉近くのマンションに用がある。歩道の隅《すみ》へ寄って、走って来た〝バイタク〟に手を上げた。

天井はないが、タクシーよりも安くて早いのが売りものの送迎バイクである。どれも客付きだった。ようやく一台が遠くからせつらの方へハンドルを切ったとき、ナナハンが眼の前に割り込んだ。

「お客さん、どちらまで?」

今度はゴーグルも取らず、リコが訊いた。

「いや」

「同じ方角らしいから送ってあげる。〈四谷《よつや》〉までいい？」

「〈四ッ谷駅〉」

「はいはい」

にやりと笑って後部座席《シート》へ顎をしゃくった。

後ろで不貞腐《ふてくさ》れている〝バイタク〟の運ちゃんに片手を上げて詫《わ》びを入れ、せつらはまたがった。

「メットないけど」

「はい」

「？」

突き出されたのは、三角形の折り紙であった。広げると、ヘルメットが出来た。ストラップもついている。紙製だが。

「いい？」

「はあ」

いんちきメットを被り終わらないうちに、ナナハンはいきなり発車した。いきなり六〇キロだった。


「マンション・フレデリック」の名前に合わぬ薄汚れた建物の前で降りた。

「どーも」

礼のつもりの挨拶《あいさつ》を無視して、リコはハンドルに上体をもたせかけて、美しい人捜し屋《マン・サーチャー》を見つめた。

「ね、歌、歌える？」

「全然」

「楽器は？」

「ノン」

「いいわ。モデルなら？」

「一度も」

リコは眼を閉じ――すぐに開いた。興奮の表情が眼と眉《まゆ》を吊《つ》り上げた。発想を転換したのだ。

「真っサラこそ新商品――イケる」

歯を嚙《か》みしめるようにうなずいて、

「ねえ」

と顔を上げたとき、せつらはマンションのドアを

くぐるところだった。切り捨てるような無関心ぶりに、リコはきょとんとし、

「何よ、あいつ。自分の価値がわかってないのね」

　大間違いの指摘をしてから、動かなくなった。

　せつらが出て来たのは、一〇分と経《た》たぬうちである。同じ場所にリコがいるのを見ても驚きもしなかった。初対面という表情だが、リコは恍惚としていた。

　少し眼を見張ったのは、せつらより先に出て来た男を見たときである。

「――――」

　思わず口走った名前は、二〇年以上前に〈区外〉のレコード大賞を獲《と》ってから、女と借金で身を持ち崩《くず》し、〈新宿〉の地下で酷使《こくし》されていると噂《うわさ》のあった大歌手のものであった。

　名前が聞こえたのか、歌手は、じろりとリコへ眼をやって、

「ようやく脱《ぬ》けられそうだ」

と言った。アルコールに混じって、麻薬《ドラッグ》らしい匂《にお》いが鼻を衝《つ》いた。

　歌手はひどく面《おも》やつれし、身体もひと廻り小さくなったように見えた。デビュー当時の精悍《せいかん》さなど影も形もない表情は、精神《こころ》を病んだ者のそれであった。

　リコはせつらを見て、歌手にこう訊いた。

「この人が助けてくれたの？」

「そうだ。いきなり入って来て、やくざどもの手足を――触れもしないで落としてしまった。はっはっは、あいつら、手も足もない芋虫《いもむし》だ、ざまあ見やがれ」

　歌手の痩《や》せこけた頬《ほお》を涙が伝わった。

マンション前の階段を下りきったとき、彼は急にうずくまり、肩を震わせた。押し殺した泣き声が徐々に高くなり、あたり構わぬしゃくり上げに変わった。

ありがとう、と聞こえた。歌手は何度もそれを繰り返した。

パトカーのサイレンが近づいて来た。

一台が敷地内へ入って、せつらたちの前で停《と》まった。制服警官が二人とび降り、二人にマグナム・ガンを向けた。

「動くな」

ひとりがマグライトをかざして叫んだ。手は震え、声はよろめいていた。

せつらが、うずくまったままの歌手を指さして、

「被害者」

と言った。

「マンションの住人から非常警報が来た。動くな」

「住人？」

せつらは少し眉を寄せ、ヤー公とつぶやいた。

ふり向いて、マンションを見上げた。

「こっちへ来い」

と二人目の警官がパトカーを指さしたとき、窓のひとつが開いた。四階だ。

ベランダに、男がひとり現われた。

M44ライフルを肩づけにしている。いきなり射《う》って来た。

アスファルトが火花と破片を噴《ふ》き上げ、パトカーの窓ガラスに亀裂《きれつ》が走る。

二人目の警官が右肩を押さえてのけぞった。

「野郎」

最初の警官がマグナム・ガンを応射する。

三発目が当たった。

男の頭部が半《なか》ば吹っとんだが、銃撃は熄まなかった。

せつらと歌手が歩き出したのを見て、リコは息を呑《の》んだ。

何から何までズレていた。

ベランダからの銃撃者は、頭を吹きとばされても平気でいる。だが、その動きは妙にぎごちない上、銃を保持する両手も、おかしな具合にねじれてい

る。無理矢理くっつけたようにだ。

この男は、すでに死んでいたのではないか。歌手が口にした、手足を落とされたやくざというのは、彼のことではないのか。

フェンスのせいで見えないが、やくざの足は切断されたまま、何かが彼を運び出し、警官への銃撃を行なわせたのではないか。狙《ねら》うなら歌手と美しい保護者のはずだ。手も触れずにやくざをバラバラにした魔人なら、死人を操《あやつ》ることも可能なのではないか。

バイクのエンジンが唸《うな》りを上げげた。なお続く銃撃の現場から、リコは時速八〇キロで逃げ出した。

途中で急行する三台のパトカーとすれ違ったが、せつらと大物歌手とはとうとう出会えなかった。

ノックをしても応答がないので勝手に入った。鍵《かぎ》はかかっていない。

明かりは消えていた。部屋の主は絶望のさなかで歓喜の頂点に立っているのだった。

「点《つ》けるわよ」

声をかけて、スイッチを入れた。

シャンデリアがかがやき、絢爛《けんらん》たる室内が浮かび上がる。ヨーロッパの宮殿の一室を彩《いろど》る大鏡、長椅子《ソファ》、グランド・ピアノ、深い絨毯《じゅうたん》――小さく瀟洒《しょうしゃ》なマンションの窓辺で、ギターを爪弾く素朴《そぼく》な歌い手のイメージは何処にもない。訪れたファンたちは呆然《ぼうぜん》と立ち尽くすだろう。

若草色の地に鈴蘭《すずらん》の花を散らした長椅子に、紫のガウンをまとった娘が腰を下ろし、ぼんやりと窓の外を眺《なが》めていた。

「みずき」

と声をかけたが、こちらを向こうともしない。精神は別の場所にある。リコも知っている世にも美しい若者のいる場所に。

「会って来たわよ」

リコは底意地の悪い自分を意識しながら言った。

長椅子の顔がこちらをふり向いた。

一七、八――いや、一五、六と言っても通用しそうなあどけない顔である。ファンの前に出たら、人死にの出かねない熱狂が吹き荒れるだろう。そうと察して、室内に封じたのはリコであった。

あどけない顔は、女の顔に変わっていた。つまり、恋をしているのである。

「誰と?」

尋《たず》ねる声にも怒りの響きがあった。

「下にいたハンサムさんとよ。あなたがイカれた理由がわかった。ありゃ凄い。悪魔の美しさってやつよ」

「あの人と何を話したの?」

「何にも。あんな無口な男はじめてよ。ただ、職業は――探偵かな。それもバイオレンス系」

「どういうこと?」

爛々《らんらん》と眼をかがやかせるみずきへ、リコは一部始終を物語った。

聞き終えた第一声は、

「あなた――相乗りしたの?」

であった。

「私もイカれちゃったのよ」

リコは肩をすくめた。

「――今は眼が醒めたけど、少しね」

なおも疑惑に満ちた猛々《たけだけ》しい眼差《まなざ》しを相棒に注ぎながら、みずきは不意に向きを変えて、長椅子にもたれた。

「もういいわ。ああ、あの人に会いたい。胸が張り裂けそうよ」

「芸術家にしては、月並みね。だけど、わかるわ」

リコは長椅子に近づいて、みずきの肩に手を置いた。

「でも、私たちがしなくちゃならないことはわかってるわね。あなたはこの部屋で歌い、私はその声を維持し、曲を提供する」

「わかってるわよ。でも――もう駄目《だめ》そ」

「またあ」

「あたしだって、美意識はあるのよ。音楽に対してだけじゃない。美しい絵や彫刻を見ればゾクゾクするの。でも、生身の人間で、こんな気持ちになるなんて――」

「歌も歌えない気持ち？」

「そ」

「男狂い――とは言えないけど、ちょっと、しっかりしてよ。歌えなくなったら、私たちの存在理由はなくなっちゃうんだから」

「I know, I know」

「何がアイノーアイノーよ。愛がないって意味？　それならぴったりよ。愛だの恋だのは私たちには無縁なお遊戯《ゆうぎ》なの」

「はいはい。でもね――」

「歌えるわよね？」

「――駄目ぇ」

みずきは両手を広げて、歌手廃業を宣言した。


「これでも？」

リコの右手が肩から、意志を持ってガウンの胸元へ滑《すべ》り落ちた。

3

せつらの家へ火炎瓶《かえんびん》が投げ込まれたのは、二日後の深夜だった。

犯人は寝静まったと判断した上で、コーラの瓶を三本放り込んだのだが、せつらが就寝前だったため、ボヤ程度でことなきを得た。

明らかにせつらを狙った組織的な犯行が続々と発生したのは、その夜明けからである。〈新宿駅西口〉行きのバスに乗っていると、勘が上だと告げた。

天井の通気孔から妖糸《ようし》を送った。ドローンだった。チタンの糸が二つにするのと、小型ミサイルが発射されるのと同時だった。

ぶつかる寸前、もうひとすじの妖糸がミサイルも両断し、空中で炸裂《さくれつ》。バスは破片の雨の中を突破してのけた。ドローンは〈歌舞伎町〉の露天商でも扱っているありふれた商品で、購入した者の素姓は不明だった。

こうなると個人で行動するしかない。もっとも、せつらの場合は、他人に迷惑をかけてるからというのではなくて、動きが取れず、逃げられなくなるからというのが正しい理由かもしれない。


その日の相手は、〈市谷柳町《やなぎちょう》〉に住む、〈区外〉から逃亡して来た殺人者であった。外谷良子《とやよしこ》による情報だが、このおでぶちゃんは、住所を教えると、にやりと笑って、

「それだけでいいのか、ぶう?」

肝心《かんじん》な情報は得たし、オプション料金はべらぼうである。せつらは無視した。

目的地は〈矢来町《やらいちょう》〉にある廃棄《はいき》工場であった。

この場所はせつらも知っている。

もとは住宅地だったものを、〈魔震《デビル・クエイク》〉後数年で〈区〉が買い取って、得体《えたい》の知れない工場を建設した。何を作っているんだとの〈区民〉の声は、当時の〈区長〉によって無視され、やがて、不良ルポライター某のスクープが、〈新宿TV〉のニュースと〈新宿日報〉の見出しを飾った。〈亀裂〉の壁面に棲《せい》息《そく》する〝メダマゴケ〟の繁殖《はんしょく》である。

正確には藻類《そうるい》に分類されるこれは、一〇～一五センチ四方に生物の眼と思《おぼ》しい器官がひとつ備《そな》わり、これによって光合成を行なうために、〝目玉〟＝〝メダマ〟の名称がついた。工場を建ててまでその繁殖に取りかかった理由は、この苔《こけ》が、好んで癌《がん》細胞を体内に取り込み、分解、無害化した上で排泄《はいせつ》——食い尽くしてしまうからである。しかも、体内へ摂取する必要もない。患部上に貼りつけておけば、どんなタイプの癌細胞でも一カ月足らずのうちに吸い上げ、一片たりとも体内に残さないのである。世界が待ち望んだ〝夢〟の薬の発見であった。

だが、最大の欠陥もすぐに発見された。末期の癌細胞を平らげると苔自体も干《ひ》からび、二度と復活しないのだ。加えて、群生地も〈亀裂〉内のごく一部に限られ、そこから分離されると二度と発生しない。

当時の〈区長〉は、これを〈新宿〉の基幹産業のひとつになり得ると見た。

ひょっとしたら、〝国家内国家〟たる〈新宿〉の未来を見抜いていたのかもしれない。

工場の建設には、〈区〉のみか国家予算からの補助も認められ、〈区長〉はごうごうたる非難にさらされたが、彼は頑《がん》として建設と稼動《かどう》を決行し——一年と保《も》たずに挫折《ざせつ》してしまった。〝メダマゴケ〟の繁殖は不可能だったのだ。

〈区長〉は辞任し、工場は廃棄された。そして、今、秋せつらの前に、荒涼《こうりょう》たる姿をさらしている。

通路を埋めるガラス片やコンクリ片を踏みつつ、せつらは工場のひと棟《むね》に入った。

内部の装置が撤去された広大なる空間には、朝の光も澱《よど》んで見えた。

その中央に、男がひとり長椅子にかけていた。

「都々目《とどめ》さん？」

「そうだ。君の噂は聞いている。お目にかかれて光栄だ、秋せつらくん」

「大人しく来てくれます？」

「いいとも。だが、この桃源郷《とうげんきょう》のような街から、腐れ果てたドブ泥のような日常へ戻った上、絞首刑《こうしゅけい》など真《ま》っ平《ぴら》だ。ここは代理を連れて行ってもらおう」

その意味を、せつらはとうの昔に理解していた。都々目のかたわらには全裸の美女が立っているのだ。果てしなく高い天井や窓から降り注ぐ光が、白い肌や豊かな乳房、締まった鳩尾《みぞおち》や、誰でも息を呑みそうな尻を非現実的な幻のように見せていた。

その美貌を眺めて、

「犠牲者」

とせつらは女を指さした。

「ほお、どうしてそう思うね？」

「顔」

都々目は膝《ひざ》を叩いた。

「さすが、〈魔界都市〉一の人捜し屋だ。そのとおり、この街へ来てから、私は一〇人を殺した。この顔はそのうちひとりの肉面《にくめん》を貼りつけたものよ。真理子《まりこ》――おもてなしして差し上げろ」

美女はうなずくと、ゆっくりせつらの方へ歩き出した。豊満な乳房を揺らし、尻を震わせながら。

白い腕が愛しげに巻きつこうとしたとき、せつらの姿は空中にあった。

背後に着地したその姿へふり返った美女の顔は、悪鬼《あっき》そのものだった。

「くっつけた」

とせつらは言った。

都々目は手を叩いた。

「そこまでわかるか。いや大したものだ。組み立てのプロのつもりだったが、私もまだまだだな」

美女が背後から抱きついて来た。

腕の中へ入った――と見えた瞬間、せつらは前方に進んだ。歩いたのではない。両足は動いていない。滑《すべ》ったのだ。靴底は床上数ミリに浮いていた。

女は追いかけた。

都々目が立ち上がった。せつらは一メートルまで迫っていた。

立ち尽くす殺人鬼まで三〇センチのところで、せつらは右へ滑った。糸《いと》にでも引かれる人形のような、あり得ない直角移動であった。

美女は都々目に抱きついた。腕の動きは反射的なものであったろう。熱狂的な抱擁《ほうよう》の中で、殺人鬼の身体は骨の砕ける音を休みなく噴出させた。

九穴《きゅうけつ》から血を噴く都々目を放り出し、美女はせつらを求めた。

今度は顔前《がんぜん》まで肉迫《にくはく》する。

伸ばした両手が肘《ひじ》と肩から落ちた。両足も膝と腿《もも》とが分離し、糸の切れた人形のごとく床上に転がった。首が離れた。

「その女は——何人かの人体《パーツ》を寄せ集めたものだ。私の意志の力で保《も》たせておいたが——おしまいだ。だが、君の仕事はいつまでも終わらんな。この街が存在する限り、私のような人間も、その女のようなものも尽きることがない」

整然とした澱みのない口調であったが、ここに到《いた》って その口から鮮血が溢《あふ》れた。二度咳《せ》き込み二度吐いた。床は赤く染まった。

「いい……街だっ……た」

ようやく言葉が洩れた。血と一緒だった。

「……どんなものにも……生きる権利が……ある……と……街が……言って……いる……なぜ生まれた……のか……どうして……ここにいるのか……わからない……ものたち……でさえも……な」

せつらは、茫洋《ぼうよう》と聞いている。彼にとっては、どうでもいいゴタクかもしれなかった。


「……平凡な……日常……因襲《いんしゅう》的秩序《りつじょ》……そんな中では……排除されるしか……ない……存在が……ここへ……やって……来る……ここは……彼らのための……街なのだ……決して……揺るがしては……ならん……この街の……存在……理由を……決し……て」

言い終えると、また血を吐いた。それが最期だった。

工場へ入る前に巻きつけておいた妖糸で身体の全機能が停止したのを確かめてから、せつらは携帯を取り出した。

相手に、

「都々目氏は死亡しました。遺体はどうなさいますか?」

と訊いた。死体を切り刻んでやりたいという相手もいるのだ。

承知しました、後ほどまたご連絡します、と告げて携帯を切った。

「妖物《ようぶつ》の餌《えさ》にしろ、か」

では放っておけばいい。すでに、血の匂いを嗅《か》ぎつけたものたちの気配が、この一角に集合しつつあった。

低い唸り声の中を、せつらは歩き出した。春爛漫《らんまん》という雰囲気の若者が進むと、凶暴な影や赤い眼は、見えない手で押しのけられたかのように道を空けたのである。

戸口を抜けようとしたとき、

「待って」

遠くで、布を引き裂くような声がした。

「はあ」

眼は背後の床を見た。一メートルほどのところに白い生腕が転がっていた。

いいや、動いている。五指を床に立て、せつらの方へその身を引きずって行こうとあがいている。

「指輪があるわ」

声の主は、都々目の死体――そのかたわらで、こちらを見上げていた。美女の生首だった。

「その手は……あたしのなの……指輪は……彼から……貰《もら》ったもの……あたしの形見だって……渡して……お願い」

せつらは返事をしなかった。面倒臭いと思っているのは明らかだった。美女を捜せとの依頼は受けていない。縁も由縁《ゆかり》もない相手の要求を聞く耳を、この美しい若者は持ち合わせていない。

「……名前は……望月《もちづき》……進《しん》……也《や》……住所は……〈上落合《かみおちあい》〉……」

後は沈黙が続いた。

せつらは前を向いて歩き出した。美女の腕も、動きを止めていた。

薬指が欠けている。それは根元から、世にも美しい切り口を示して切断されているのだった。

〈新宿駅西口〉近くの回転寿司《ずし》はちょっとしたパニックに襲われていた。

黒いコートの客が入店した途端《とたん》、先にいた客たちの箸《はし》が、ぴたりと止まってしまったのだ。原因は明らかだから、店長が出てってくれと言えば済む。しかし、店長以下のスタッフも、米《シャリ》を握ることも、流れるベルトに新しい皿を載せるのも忘れて、恍惚ととろけたのではやむを得ない。

静かなパニックをよそに、せつらは勝手に湯呑みに緑茶ティーバッグと湯を注ぎ、鮪《まぐろ》の赤身と中トロ、北寄貝《ほっきがい》を選んだ。

「大漁節」に喘《あえ》ぎ声《ごえ》が混じった沈黙の店内で、三皿とも片づけたとき、新しい客が入って来た。濃いサングラスをかけたリコであった。

さっさとせつらの隣に腰かけ、大トロとウニとイクラを選んで、

「驚かないわね」

と言った。

「好みだから」

「寿司じゃないわよ。いきなり現われたあたし」

「バイクの音」

「耳がいいわね」

リコは眼を丸くした。

「人は見かけによらないっていうけど、あなたその典型ね。笑って人を八つ裂きにするんじゃない?」

「はは」

リコは何も知らない。

「あなたを追いかけ廻してる連中がいるの。今からあなたを爆殺《ばくさつ》するという連絡が来たので、止めに来たんだ」

「外の二人組?」

「知ってたの!?」

今度こそ、リコは眼を剝いてしまった。

「〈東口〉へ抜ける道の横にひっくり返ってたわ。目立つけど、誰も声かけたり、抱き起こそうとしたりしない。酔っ払いが憑依《ひょうい》されたと思ってるのよ。放っとくと、人さらいに持ってかれてしまうわ」

「何も?」

しなかったのか、という意味だ。リコにもわかったらしく、

「眼に見えない紐《ひも》か何かで縛《しば》られていたわ。身じろぎひとつできないの。顔面蒼白《そうはく》で虚《うつ》ろ。よっぽど怖《こわ》いものを見たか、痛みのせいね。あなたでしょ？」

「すぐにほどけるよ。爆弾は？」

「そばに落ちてたわ。手に持ってたのね。止まってた」

「へえ」

「とぼけないで。今の話聞いてわかったわ。全部あなたの仕業《しわざ》ね。あの二人を廃人にしたのも、爆弾の発火装置を壊したのも」

「推測」

「いいえ、あなたが証拠よ」

無茶を言ったが、せつらのほうも正解と知っているから、反論はせず、ヤリイカと玉子と甘エビの皿を取った。

4

じっとそれを見て、リコは少し呆《あき》れたふうに、

「意外とつましいわね」

と大トロを口にした。

「放っとく」

放っとけ、でないのが、せつららしい。

「ところで、このままだと、あなた確実に暗殺されるわよ。あの二人でおしまいだとは、思っていないわよね」

「んが」

せつらはお茶をひと口飲《や》った。

「狙ってるのは、みずきのファンよ。彼女、一昨日《おととい》、もう歌えないと宣言しちゃったの。ある人に魂を奪われてしまったから、と」

「へえ」

「少しも反省してないようね。あなたのせいなの

よ」

「死んだ女《ひと》もいる」

今度は、リコが沈黙する番だった。

数秒の間《ま》を置いてから、

「そうでしょうねえ」

サングラスの下から、しげしげとせつらを見て、

「これだって、おかしくなっちゃうものね。けど――みずきをあのままにしとくわけにはいかないのよ。彼女がもう一度歌い出すまで、ファンはあなたを狙うわ」

「はあ」

「逃げられる？」

「はあ」

「自信があるのね。でも、よく考えて。みずきのファンは、あなたが見ただけじゃないのよ。毎日増えてるし、顔触《かおぶ》れも変わってる。それがみなあなたを狙うとしたら？」

「いつか、BANG《バン》」

せつらは右手の人さし指を、こめかみに当てた。

「わかってるなら、何とかしなさいよ」

「どうやって？」

「みずきと寝て」

「はあ？」

「他に手はないわ。最後の一線を越せば、あの子も、諦《あきら》める。熱から醒めるようなものよ。やってくれるわね？」

「顔も知らないし」

「あたしよりきれい」

「嘘《うそ》だ」

リコは凄《すさ》まじい眼差しを、この若者に当てたが、どこか、覚束《おぼつか》ない感じもあった。

溜息《ためいき》をひとつついて、

「とにかく、会ってみない？」

「面倒臭い」

「ここで何とかしないと、あなたのこれからの日々は、ずっと面倒臭いことだらけになるわよ」

少し眼を泳がせてから、

「わかった」

とせつらは言った。

だが、あのマンションに、歌い手の姿はなかった。

リコは、焦燥《しょうそう》を隠さず、

「困ったわ――どうしたのかしら？」

せつらが右手を肩まで上げて、

「一万円」

と言った。

「わかるの？　払うわ。何処へ行ったの？」

「僕ん家《ち》」

リコの唇が、まの形に開いた。さかと続くはずなのを呑み込んで、

「あり得る」

と言った。

「付き合ってくれるわよね？」

「どうして？」

「どうしてって？　あなたの家に行ったんだから、あなたも来る必要があるんじゃないの」

「用事があるんだ」

「もう!?」

と喚いて、

「幾《いく》らよ？」

「同額」

「倍あげる。その代わり、あなたを諦めて歌を歌うよう説得してよね」

「三倍」

「このォ」

溢れる怒りを、リコは呑み込んだ。

「いいわ――すぐ出るわよ」

「はーい」

出資者には、一応返事をするらしい。

だが――

せつらの店の近所にも、みずきの姿はなかった。せんべい店のバイト娘に訊いても、そんな人は来なかったという。

「どうなったと思う？」

と訊いてから、

「いいわ――答えは出てるもの」

「じゃ、これで」

と行きかける袖を摑《つか》んで引き戻した。

「あらら」

「あららじゃないわよ。あなた人捜し屋さんだってね――なら、みずきを捜してちょうだい」

「正式な――」

「依頼よ。あたしは、あなたのクライアントってわけ」

「了解」

返事はいいが、顔は茫、である。

「犯人は間違いなく、みずきのファンよ。多分、あなたの店を見張ってる最中に、みずきがやって来たんだわ。それで」

「放っといたら」

「え？」

意外な返事に、リコはまた眼を丸くした。

「ファンなら心配いらない。今頃、下へも置かぬおもてなしを受けてる」

「あたしもそう思いたいけどね――今のファンてのは、やり過ぎなのよ。みずきの場合も熱狂的の熱が取れてる連中が多いの」

「キョーテキ」

「そうよ。憧《あこが》れのアイドルを眼の前にしたら、もてなす前に、心中しかねない連中ばかりよ。一日も早く助け出す必要があるわ」

焦《あせ》りにこわばったリコの横顔へ、このとき、ぽつりと、

「死ぬの？」

「え？」

リコは愕然《がくぜん》となった。せつらの言う意味を悟《さと》った

のだ。しかし、たちまち気力をふり絞《しぼ》って、

「何のこと？　誰だって殺されたら死ぬわよ」

「はあ」

せつらも深追いはしなかった。

「とにかく捜して。今すぐに！」

リコは眼を剝いて叫んだ。

みずきは、〈大京町《だいきょうちょう》〉にあるマンションの一室に幽閉《ゆうへい》されていた。さらったのは、ファンのひとり——曙太《あけぼのふとし》という高校生である。彼は受験勉強用と称《しょう》して、企業家である父から2LDKを買ってもらい、たちまち耳にしたみずきの歌声に惚《ほ》れて、ファン・クラブを設立、ここをオフィスとした。

みずきを拉致《らち》した理由は、リコの解釈通りであった。

せつら暗殺を目論《もくろ》み、店の前で張っていたところへ、タクシーに乗ったみずきがやって来たのである。本人を見たことは一度もないのに、服装と勘でわかった。近づいて、みずきさん？　と訊くと、はいと鈴の声が返って来た。そのまま車に押し込んでマンションへと拉致してのけたのである。

ところが、それからが困った。犯罪のつもりはないから、恫喝することも放置もできない。あなたはボクの太陽です、月です、星です、と繰り返しても、すぐ話は尽きてしまう。おまけに、当のみずきが全く無反応と来た。

言葉を尽くし、汗みずくになって、嘘いつわりのない心情を切々と訴えても、椅子にかけたまま、その眼は太を映していながら、こころは別の場所にあった。

激闘三時間に及び、太はついに諦めた。それでも憎しみが湧かなかったのは、彼の愛が真物《ほんもの》だという証拠になるだろう。

だが、彼は絶望した。愛が絶望に変われば、後は心中である。

「みずきちゃん——一緒に死んでくれ」

〈新宿〉在住の高校生として、彼はおかしなものを持っていた。

ベランダへ出て、みずきの足下へ置いたのは、鉢植えの植物だった。

全長三〇センチほどだが、茎《くき》の先に小さな袋がついていて、ハエジゴクを思わせる。鉢のサイズが直径五〇センチもあるのが異常だが、二人とも気にする様子はない。太は一緒に持って来た小箱の中から、二〇センチもある毒ムカデをピンセットでつまみ、袋に近づけた。不気味な蓋《ふた》が開いた中へ、ムカデを放り込むと、袋はあちこちが膨《ふく》れ、じきに大人しくなった。

「消化完了」

太は熱い眼でみずきを見つめた。そのかたわらで、奇怪な植物に変化が生じた。みるみる生長し、一メートルもの高さに伸びて紫色の葉を広げた。

「みずきちゃんをこいつの中に入れる」

と太は呻くように言った。その眼から涙が、唇の端から涎《よだれ》が伝わった。

「安心して。ひとりじゃ行かせない。すぐに僕も入る。二人でこいつを育てる滋養《じよう》分になるんだ。聴いてくれ」

芋虫《いもむし》のような指が袋を弾《はじ》くと、意外な現象が生じた。

袋が、蓋をぱくぱくさせながら、歌いはじめたのだ。肉食植物のハミング。その美しさに、恍惚の体《てい》のみずきさえ、虚無《きよむ》的な表情を崩した。

「わかるだろ。こいつが凄い歌手だって。僕はその歌声を聴くために、犬や猫や、妖物や――」

声をひそめて、

「――人間も与えた。こいつはそれに感謝して、ますます素晴らしい歌い手になった。でも、もう終りだ。僕はみずきちゃんの歌声を聴いてしまったんだからね。みずきちゃん――助かる手がひとつだけあるんだ。こいつの前で、みずきちゃんの歌を歌ってくれ。こいつに聴かせるんだ。そうすれば敗北を知って死滅する。僕らも助かるってわけだ。お願いだ、歌ってくれ。僕らも二人のために」

真の目的を彼は吐露《とろ》したのである。

正《まさ》しく生命《いのち》を賭《か》けた恋であり、愛であった。

そして、みずきは沈黙を守っていた。太った高校生の思いよりも、遥《はる》かに美しいものが世にあるとでもいうように。恍惚と。

「やっぱりか――やっぱり、君はあいつに魂まで奪われてしまったんだな」

太は身を震わせた。その眼から、とめどなく涙が溢れた。

「わかった、もういい。二人でこいつの滋養分になろう」

鉢植えを持ち上げるのは、ひと苦労に違いないが、生来《せいらい》のパワーと絶望が、あっさり可能にした。

横抱きにした袋の先を、彼はみずきの頭に――

その動きが止まった。のみならず、彼は袋を放り出して、硬直した。


鍵をかけたはずのドアが開いて、二つの影が入って来た。

リコと――せつらであった。

「〈ぶうぶうパラダイス〉っての？　あそこの情報の正確さは大したものね」

リコはみずきに近づき、

「わかる？　ほら、あっち見て」

とせつらを指さした。

みずきの頬が赤く染まった。

恍惚の表情に驚きが加わり、感動のあまりか、頬を光るものが伝わった。

「あなた……」

桜色の唇がわなないた。

「……来てくれたの？　私のために……」

せつらはうなずいた。報酬《ほうしゅう》を約束されている。

みずきは眼を閉じ、宙を仰《あお》いで、後方へ倒れた。

長椅子が受け止めたが、一瞬ずれた。みずきの行く先には、あの袋があった。

せつらの手練《しゅれん》が何とかしたにしても、今回は遅れた。

開いた袋の口の中に、みずきが肩を入れようとした瞬間、怒号《どごう》とも絶望ともつかぬ叫びが、彼女を突きとばし、曙太の姿で口の中に頭から突っ込んだ。

それこそ停滞なく太った身体は袋に収まり、みるみる収縮していった。恐るべき消化力であった。

根が鉢からこぼれ出た。太という養分をたっぷりと吸収した肉食植物は、必要以上の生長暴走を開始したのである。

袋がみずきに迫った。もう口を――蓋を開けている。

きらりと光った。

茎から断《た》たれて床へ叩きつけられたそれは、痙攣《けいれん》ひとつせず、白っぽい液体を吐いた。液体は白煙を噴き上げ、ゆっくりと沈んでいった。強烈な酸の仕業であった。

「行こう、マンションが溶ける」

せつらがドアの方へ向かうと、抱き起こそうとするリコの前を、みずきはよろめいた姿勢のまま、滑るようにその後を追った。足は動いていなかった。

5

まだ陽《ひ》は高いのに、部屋の中は水底《みなそこ》のようにしいんと沈んでいた。

この部屋のドアを、世間の手はノックしない。みずきの部屋であった。

戻るとすぐ、電話をかけると言って、みずきは寝室へ入った。

「まだ歌う気にはなれない？」

戻って来たみずきにリコが強い口調で問いつめた。

「あたしたちが何のためにここにいるか、もう一度考えてごらん。今夜もファンが広場に駆けつけて来るわ。はまぐりスープやウインナ焼きやかき氷の屋台が出てるのを見たでしょ」

「見たわ。でも、いま私の眼に映っているのは、この方だけ。いいえ、今のこの方じゃない。はじめてその窓から見たこの御方。はまぐりスープのお皿を手に、私を見上げていた美しい御方よ」

「だから、この人でしょ？」

「そうよ、でも違うの」

「何とか言いなさいよ」

肘でこづかれ、せつらは、

「僕ですよ」

と言った。勿論《もちろん》、謝礼は受け取っている。

「存じております。でも、違うのですわ」

だってさ、とみずきを指さすせつらを見て、リコは右フックを叩きつけた。その手は見えない力に引かれて右へ流れ、続けて放った左キックも柔らかく撥《は》ね返された。

「もうやめてよ、リコ」

みずきは気《け》だるげに片手をふって、

「もうじき、何もかも片がつくわ」

声には確信がこもっていた。だが、希望ではなかった。リコが青ざめた。

「あれ？」

せつらが眼を宙に泳がせた。

さよなら夏の光
語ることも少なくて
あなたの顔ばかり浮かぶ
私のこもる部屋は季節を忘れ
夏もドアを叩かない

リコが溜息をついた。その顔に感動の色があった。下の広場で聴き惚れた人々と等しく。

歌えるじゃないの、と彼女は言わなかった。これが最後の歌だとわかっていた。

ノックの音がした。

リコが近づいて、どなた？　と訊いた。

「〝取り替え屋〟です」

嗄《しわが》れ声が返って来た。

リコが、はっとみずきの方を向いた。

「あなた――まさか」

「お入りになって」

みずきが声をかけると、ドアが開き、スーツケースをぶら下げた銀髪の老人が入って来た。

リコが何か言う前に、

「こちらへいらして」

せつらも邪魔をしない。

「ちょっと」

リコはなおもマネージャーの役割を果たそうとしたが、いざとなるとアイドルは強い。

老人はひょこひょこと長椅子に近づき、強化ガラス製の小テーブルにスーツケースを置いて蓋を開けた。

敷き詰めたスポンジの中に、ガラスの円筒が何本も収まっていた。


「眼だったね」

老人はこう言って、一本の円筒を抜き取った。テーブルに置かれたそれは、白い視神経を尻尾《しっぽ》のように蠢《うごめ》かせるひと組の眼球であった。

「依頼を受けてすぐ改良したから、一〇日にいっぺんは外してよく水洗いをしてください」

老人はしょぼしょぼした声で、しょぼしょぼと口にした。

「はい」

みずきの声は落ち着いている。

「――で、代わりの品ですが――すぐ手術でよろしい？」

「約束ですから」

「待てい！」

リコが怒鳴《どな》った。

「少し、あたしを無視しすぎじゃないの。マネージャーは雑用係じゃないのよ。何するつもりか説明しなさいよ」

「眼を入れ替える」

まさか、せつらが答えるとは。

「えっ！」

愕然となったリコが、すぐに思い当たったたらしく、

「じゃあ、代わりの品って何よ？」

こう訊いたときには、老人はみずきの両眼の前に、分厚《ぶあつ》い手の平を差し出していた。

みずきは眼を閉じている。

「待って!?」

とび出したリコの前で、老人はもう片方の手で、みずきの後頭部を軽く叩いた。

両眼が視神経もろとも、勢いよくとび出して老人の手の平に載った。それを摑むや、ひとふりで神経を切り、大事に大事にと唱《とな》えながら、スーツケースの中の金属盤の上に置いた。

リコも呆然と眺めている他はなかった。せつらは最初から茫洋だ。

それからは簡単だった。手順がシステム化されていると言っていい。

ガラス瓶の中の眼球を載せた手の平を、タイミング良くみずきの眼のあたりに打ちつけたのだ。あっさりと入った。まばたきする眼は、みずきのものであった。

「これで、取り替え完了。いかがかな？」

「大丈夫――やっと消えました」

「よろしい。では、お支払いを」

「はい」

みずきは白い喉《のど》を上げた。

老人の片手が包むように触れた。

「待ちなさい！」

リコがその手を摑んだが、遅かった。

彼女の手ごと引かれた老人の手は、明らかに何かを包んでいた。

みずきが一度咳き込んだ。それだけだ。喉に赤いすじが横に入っていたように見えたが、たちまち薄

れ——消えてしまった。

心霊手術だ。

「確かに」

老人はこう言って、右手を空いたガラス瓶に乗せた。白いものが落ちるのが見えたが、それも一瞬、素早く蓋を閉じて、

「では」

と三人に丁寧《ていねい》に頭を下げて、粛々《しゅくしゅく》と部屋を出て行った。

リコがみずきに飛びかかって両肩を揺すった。

「みずき——あんた、何を与えたの!? まさか——まさか」

「大したものじゃないわ」

しっかりした声が返って来た。安堵《あんど》の表情がリコの顔の面《おもて》を渡った。

「歌よ」

と言われても、すぐには変わらなかった。ようやく、

「え？」

と訊き返したところへ、

「一曲」

とせつらの声がした。

みずきはうっとりと彼の方を向き、

「ようやく私の瞳の中から消えていただきました」

と言った。

「でも、もう歌えません」

せつらは、はあとしか言わなかった。もっともこの娘には関心がないのだ。

その分、リコが震えはじめた。

「歌声を持って行かれたってわけ？」

「そうよ。向こうの要求だったの」

「この恥知らず」

みずきの頬が鋭く鳴った。

「あたしたちが何故《なぜ》ここにいるかわかってるの？ 何度も訊いたじゃないの。あんたは歌うため。あたしは歌わせるため。でなきゃ、こんなところで好き

勝手に生きてちゃいられないんだよ。それを歌声を持ってかれたって——」

「他にどうしようもないの。この方の面影《おもかげ》は頭の中にではなく、眼に灼《や》きつけているの。だったら、それを取り替えるしかないじゃないの」

「その代償に歌声を渡すことないでしょう。あなたファンへの責任ってものをどう考えてるのよ」

「そんな人たちいないわ。私に見えるのは、この方だけ。でも、最も美しい瞬間は消えてしまったの」

「はい、わかりました——じゃあ、ずっと歌も歌わないでここにいなさい。ひとりでね」

リコはせつらの腕を取って廊下へ連れ出した。

「あれってどう思う?」

「はあ」

「はあじゃないわよ。歌い手が歌声を売るってどういうこと? 信じらんない」

「はあ」

「ねえ。さっきの何てったっけ——〝取り替え屋〟。連絡はつけられるの?」

「その気になれば」

「じゃあ、取ってよ」

「仕事じゃない」

「——そうだったわね。失礼しました。あいつを見つけてちょうだい。交渉は私がするわ」

せつらは承知した。

〝取り替え屋〟は、せつらの知る限り二人しかいない。

そして、どちらでもなかった。

〈ぶうぶうパラダイス〉を訪れると、

「三人目か。うーん、見当もつかないね、ぶう」

で終わりだった。

「珍しいね」

「多分、そいつは特別なのだ、ぶう」

「特別?」

「人間じゃないんだわさ」

「はあ」

せつらは考え込んだ——ように見えた。

「手が詰まったか、ぶう？」

少し間を置いて、

「いや」

と返した。

その晩、〈秋人捜しセンター《DSM》〉のチャイムが鳴った。

「どなた？」

「私です」

みずきの声である。

「何事？」

「お会いしたくて」

普通なら断わる。

「あ、どーぞ」

と言った。

卓袱台《ちゃぶだい》を挟んで六畳間に正座した娘は、ひどく地味なスーツに身を固めていた。

「忘れられると思ったのです。でも、駄目でした」

「歌声を失っても？」

「はい」

「同じことの繰り返しです。今度は何を要求されるかわからない」

「もう、取り替えはしません。替えるものがないのです」

「はあ」

「また、来ていただけますか？」

「わかりません」

「私の気持ちなんか考えてもくださらないのね」

依頼人ではない。せつらにしてみれば、まともな応答だった。続けて、

「おや」

と首を傾《かし》げた。

「どうかなさいました？」

尋ねるみずきへ、

「あなたの身体が、青い炎に包まれました」

ように見えました、ではない。本当に見たのだ。

「そうですか」

みずきは無表情に返した。

「――では、これで。来てはならなかったようです」

「その前に」

とせつらは声をかけた。

「あの〝取り替え屋〟が見つかりません。どうやって連絡を取られたのですか？」

「死んでも教えてあげません」

「はあ」

失礼します、と立ち上がったみずきの身体が、不意に硬直した。骨まで食い込む痛みに虚ろな眼差しで中空を見つめる。

「リコさんはあなたのために、彼を捜しています。僕は依頼を受けました。これもあなたのためかな、と思います。連絡の取り方を教えてください」

みずきのために、みずきを拷問《ごうもん》にかける。それを少しも悪いと思っていない証拠に、せつらの美しい顔は何の変化もなく、ただ茫洋と地獄の苦痛に立ち尽くす娘を見つめていた。

6

リコに連絡を取って、みずきを引き取らせた。

「――何をしたの⁉」

悪鬼の形相《ぎようそう》で食ってかかろうとするのに事情を説明すると、何とか冷静さを取り戻し、

「わかるけど――とんでもない男《ひと》ね、あなたって。正《まさ》しく〈魔界都市〉の住人だわ」

眼には涙が浮かんでいた。

その足で、せつらは〈歌舞伎町〉のテナント・ビルの一室を訪れた。

六階のドアには何の表示もない。

チャイムを押すと、すぐにドアが開いて、あの老人が現われた。足首まである長い寝巻を着ている。

「おや、昼間にお会いした」

「あなたに会いたがっている人が」

「ほお。悪いが今夜はもう御就寝タイムでな」

「大丈夫——後ろに」

せつらが横にのくと、リコが立っていた。みずきと一緒に帰れと言ったのに、

「どうしても行くわよ」

と同行して来たのである。みずきは外に待たせてあるタクシーの中にいた。

悪鬼の形相に、老人はさすがに怯《おび》えた表情を浮かべたが、素早くドアを閉めようとした。勿論、びくともしなかった。

リコが胸《むな》ぐらを摑んで、廊下へ引っぱり出すや、思いきり端の窓辺へ叩きつけた。中腰の姿勢でぶつかった老人は、前のめりに倒れ、何度か苦鳴《くめい》を洩らした後で、息も絶え絶えに、

「な、何をする、わしは老人だぞ」

「みずきは若者よ。あなたと違って未来のある」

「わ、わかった、何が望みだ？」

「あの娘《こ》の歌声」

「いいとも。しかし、ならあの娘の眼も入れ替えさせてもらうぞ」

「商談成立ね」

リコは満足そうにせつらを見た。

「ね、二度とあの娘の前に姿を現わさないでくれる？」

「はあ」

老人をタクシーに乗せると、みずきがぼんやり、

「どうしたの？」

と訊いた。

「あなたの眼をもとのに替えてから、歌声を取り戻すのよ」

「あんたって莫迦《ばか》ね」

あまりあっさり言われたので、リコは激怒した。

「眼球が戻れば、私はまた夢うつつになるわ。この

方は魔法使いなのよ」

と助手席のせつらを見つめて、

「歌声が戻っても、私が歌わなければ同じことよ。魔法はまだ解《と》けてないわ」

「あらそう。じゃ、ゆっくり話し合いましょう」


乳首を吸ったときの反応が、リコの眼を鋭くさせた。

もう片方の乳首をこすっても、硬くはならない。身体を支配する精神《こころ》が、ここにはないのだった。

いつもは、一〇倍も時間をかけ、濃厚に濡《ぬ》らしてからなのだが、先に手をのばした。

指先に伝わる柔肉《やわにく》は湿《しめ》り気《け》も帯《お》びていない。試してみたが、指先にぬめりも付かなかった。

「どうしても駄目？」

首すじにゆっくり舌を這《は》わせながら、舌足らずに訊いた。

「眼の中にあの人がいると言ったでしょ。戻って来てしまった。私は夏の終わりまで歌うつもりでいたけれど、口をつぐんで、ここにいるわ」

人形の声。硬い返事。

リコは位置を変え、みずきの股間に顔を埋《うず》めた。

少しして、リコは諦めた。

翌朝、顔を洗ってから、味噌汁《みそしる》とアジの干物《ひもの》の朝食を摂りながら、〈新宿ＴＶ〉ニュースを見ていたせつらは、わずかながら、眼を細めることになった。
インターネットで、歌手廃業の宣言。ショックのあまり、昨夜、ファンの少年自殺
知らせは、マネージャー＝リコの名で出されていた。少年の名前に聞き覚えはなかったが、自死を遂《と》げたという段ボール・ハウスの机の上に金属製の細長い花瓶が置かれていた。

あの少年かもしれない。違うかもしれない。

せつらはあの路地に向かった。

家を出た途端、通りの斜め向こう側に駐車していた乗用車が、大きくカーブを切って突っ込んで来た。

せつらの一メートル手前で跳《は》ね返り、半回転してルーフから路上に落ちた。

せつらはそちらを見もせず歩いた。

息も絶え絶えの声が追って来た。

「ツイッターで見たぞ。おまえのせいで、おれたちは、あの娘の歌を聴けなくなっちまったんだ」

タクシーがやって来た。

乗り込んですぐ、異常に気づいた。運転手の全身が、がちがちと震えている。

天井に大穴が開くや、せつらは一気に一〇メートルもとび上がった。

下方でタクシーがガスに包まれた。自爆テロに違いない。

空中に停止して見下ろすと、運転席から炎の塊が現われ、せつらを見上げた。

「みんな……おまえを……狙ってる……夜も……眠るな……よ」

そして、塊は膝を折り、前のめりに倒れると、一《いっ》層《そう》強く燃え上がった。

せつらは通常の交通手段を放棄することに決めた。

近所の家から人々がとび出してくる前に、身体は〈新宿中央公園〉の方へと宙を泳いだ。

よく晴れている。

何処でどのように妖糸を巻きつけ、どうやって移動して行くのか。蒼穹《そうきゅう》を背景に宙をとぶ黒衣《こくい》の若者は、〈新宿〉ならではの、そして〈新宿〉一美しい魔人のように見えた。

舞い下りたのは、あの路地の入口であったが、すぐには入れそうになかった。バイク姿のリコが立っていたのである。

ひとりに非《あら》ず。二〇人近い老若男女《ろうにゃくなんにょ》が後ろを固めている。

「ネットに流したのは、あたしよ」

リコの喧嘩腰の声に、

「はあ」

とせつらは応じた。すでにわかっていたのかどうかは、わからない。

「こうなったら、あなたに死んでもらうしかないわ。それでみずきも諦めがついて、歌に戻るでしょう」

「へえ」

そうとは限らない、とせつらは言ったのである。

彼が死ねば、あの娘は永久に口をつぐむだろう。後を追うかもしれなかった。

「とにかく、このまま歌い手としての死を迎えさせるわけにはいかないの。悪いけど」

後方の人々が武器を構えた。拳銃、レーザーガン、放電銃、山刀《やまがたな》、日本刀――弓までいる。

リコがすいとしゃがんだ。

盾《たて》を失った人々は瞬間的にパニック状態に陥《おちい》った。

しかし――

狭い通りに銃声と火花と光とが溢れた。

せつらは元の位置に立っている。背後の塀や建物を貫《つらぬ》いた弾丸やビームは、すべて彼を外れていた。

ざわめく人々の前に立ち上がったリコが、しみじみと、

「あなた――何者よ?」

「はは」

せつらは一同の背後に顎をしゃくった。

青いサテン地にマグノリアの花を咲かせたドレス姿のみずきが、忽然《こつぜん》と立っていた。

みな凍りついた。信者が女神《めがみ》を見たのだった。

「もうやめて。人が死んだと聞きました。今夜、一曲だけ歌います」

どよめきと歓声が通りを揺るがした。

帰ってくださいとの哀願《あいがん》に、逆《さか》らう者はいなかった。

群衆が去ると、みずきはせつらから眼を離して黙《もく》礼《れい》し、背を向けた。

「後でね」

後を追うリコとみずきの姿が見えなくなるまで、せつらは待っていなかった。


月がひっそりと燃えていた。星のかがやきは、地に落ちた影が燃え上がるのではないかと思われた。

この間より一時間ほど遅い。人々は屋台ではまぐりスープや、いか焼きやハンバーガー、ウインナ焼きなどを買い込んで席につき、あの窓を見上げている。

せつらが来ても、誰ひとり、見向きもしなかった。

ギターの弦は、どの音を最初に出す?

夏の終わり。


青春が一度、息を引き取る季節だ。

歌い手は美しい若者を待っていたのかもしれない。

せつらは今日もはまぐりスープだった。

ふた口目で、世界は沈黙した。

窓が開いたのだ。

そして、ベランダへギターを持ったドレス姿が。

言葉はなかった。

娘は白い椅子に腰を下ろしてすぐ、ギターが音を生み出した。

眼を醒ましたら　ベッドに触れる
ぬくもりが　別れを告げてないように
あなたは季節に連れさられ
わたしは夏を失った
次のあなたは　落葉色のジャケットを着た
夏の名残《なごり》の怪物さん

歌声が戻って来た。

缶ビールを開ける音に風のそよぎが混じり——みなそれに聴き入っているのかもしれない。

いつの間にか、膝の上に乗った赤い花に、歌い手は気がついたかどうか。それは見えない糸に導《みちび》かれて、空から降って来たのだった。

客のひとりが歌が終わったと気づいたとき、娘とギターはもう見えなかった。

もう一曲、と叫ぶ者もいない。歌い手は一曲だけと言ったのだ。

怪物さんの一節《フレーズ》を、せつらは路地から通りへ出たときに聴いた。

魔法を含む澱んだ空気。壁に映る異形《いぎょう》の影たち。彼は自分の夏の終わりに戻ったのだ。〈靖国通り〉の方へ歩き出してすぐ、

「乗っていかない？」

と、バイクのエンジン音が訊いたが、せつらはもうふり向かなかった。


何日か経って、せつらは〈歌舞伎町〉の路上で足を止めた。奇《く》しくも同じ時刻だった。

あの路地の前だった。

何もない。

足を向けたのは、気まぐれからだった。だから、広場もマンションもなかった。

壁も崩れ、瞳を失った眼窩《がんか》のような窓が開いた小さなビルの前に、ガラスの破片と紙屑《かみくず》が散乱していた。

建物のドアに「貸ビル」のビラが貼られてから、もう何年になるのだろう。

風がせつらを叩いた。

夏のぬくもりをわずかに残して走り去った。

じきに冷たくなる。

秋せつらにはお似合いの季節がやって来るのだった。

あとがき

このところ、遊び相手が女性に狂って田舎《いなか》に引っ込んだり、病気したりで、滅多《めった》に外出する機会もなくなった。

それでも、月に二回は鍼《はり》を打ちに新宿へ出る。

その変わりよう——というか店舗の化けように驚くばかり。「三越《みつこし》」が「ビックロ」になった時も天を仰《あお》いだが、その隣の、私が上京した時から開いていた鞄《かばん》店が、「ティファニー」のビルに化けていたのには、またもや仰天《ぎょうてん》した。

真《まこと》にこの街は何が起きてもおかしくない。通りを歩けば、耳に入るのは、訳《わけ》のわからない中国、韓国、東欧圏（だろう）の言葉だし、ガイドのひと声で、全員、SMG《サブ・マシンガン》を取り出して乱射しはじめても、少しもおかしくない。彼らがぶら下げている量販店の買物袋——あそこから爪《つめ》の生《は》えた触手《しょくしゅ》が現われ、通行人に巻きつく光景を考えて悦《えつ》に入っていたが、なに、たまにＴＶを点《つ》けると、そんな特撮映画、どこでも当たり前にやっている。

「つまらねー」

とロクに見ていなかった「X-ファイル」が、実に慎《つつ》ましく品の良い手作りの逸品《いっぴん》に思えるほどだ。

誓ってもいいが、そのうち、深夜の新宿通りか靖国《やすくに》通りの上空から、ひとすじの光が差し、それを浴びたミニスカートのおネーちゃんが空中へと吸い上げられる――そんなシーンが必ず展開するぞ。その時は、何とか現場に居合わせたいものだ。

新宿はほとんど私の知らぬ異郷と化してしまったが、それでも、昔馴染《なじ》みの数軒は残っている。

ある日、街行く人々が突如《とつじょ》として汚怪《おかい》な存在に変身しても、そこへ逃げ込めば、スタッフも客も店の雰囲気も変わらず、静かに時《とき》間だけが過ぎていく――こうあって欲《ほ》しいなあ。

本編は、短編（中編かな）集ということもあり、アクション（たっぷりあり）よりも〈区民〉たちに重きを置いてみた。

どこか、しみじみとした感じが残るように工夫してみたが、どうだろう?

秋《あき》せつらが人を捜し、ドクター・メフィストが治療のメスをふるう。梶原《かじわら》〈区長〉は今日も何やら企《たくら》んでおり、人形娘は、悪態ばかりつくトンブ・ヌーレンブルクを、ひっそりと軽蔑《けいべつ》している。秋ふゆはるの花屋は繁盛《はんじょう》しているだろうか。
彼らの登場する〈新宿〉もまた変わっていくのかもしれない。
それでも彼らは健在だ。
私のペンが変わらない限り。
〈新宿〉に対する私の思いが変わらない限り。
そうありたいものだ。

二〇一六年一二月二一日
「帰って来た用心棒」（TV）を観《み》ながら。

菊地秀行

●初出誌　月刊『小説NON』（祥伝社刊）
霧ふかき街　平成二八年　八月号
おいで、地の底へ　平成二八年　九月号
在りや無しやと　平成二八年一〇月号
不安定な逃亡　平成二八年一一月号
路地裏の歌い手　平成二八年一二月号
（「路地裏の娘」改題）

ノン・ノベル百字書評

キリトリ線

なぜ本書をお買いになりましたか（新聞、雑誌名を記入するか、あるいは○をつけてください）

- □（　　　　　　　　　　）の広告を見て
- □（　　　　　　　　　　）の書評を見て
- □ 知人のすすめで
- □ タイトルに惹かれて
- □ カバーがよかったから
- □ 内容が面白そうだから
- □ 好きな作家だから
- □ 好きな分野の本だから

いつもどんな本を好んで読まれますか（あてはまるものに○をつけてください）

- ●**小説**　推理　伝奇　アクション　官能　冒険　ユーモア　時代・歴史
  恋愛　ホラー　その他（具体的に　　　　　　　　　）
- ●**小説以外**　エッセイ　手記　実用書　評伝　ビジネス書　歴史読物
  ルポ　その他（具体的に　　　　　　　　　）

その他この本についてご意見がありましたらお書きください

最近、印象に残った本をお書きください			ノン・ノベルで読みたい作家をお書きください		
1カ月に何冊本を読みますか	冊	1カ月に本代をいくら使いますか	円	よく読む雑誌は何ですか	
住所					
氏名		職業		年齢	

あなたにお願い

この本をお読みになって、どんな感想をお持ちでしょうか。

この「百字書評」とアンケートを私までいただけたらありがたく存じます。個人名を識別できない形で処理したうえで、今後の企画の参考にさせていただくほか、作者に提供することがあります。

あなたの「百字書評」は新聞・雑誌などを通じて紹介させていただくことがあります。その場合はお礼として、特製図書カードを差しあげます。

前ページの原稿用紙（コピーしたものでも構いません）に書評をお書きのうえ、このページを切り取り、左記へお送りください。祥伝社ホームページからも書き込めます。

〒一〇一−八七〇一
東京都千代田区神田神保町三−三
祥伝社
NON NOVEL編集長　日浦晶仁
☎〇三（三二六五）二〇八〇
http://www.shodensha.co.jp/bookreview/

NON NOVEL

「ノン・ノベル」創刊にあたって

「ノン・ブック」が生まれてから二年一カ月、ここに姉妹シリーズ「ノン・ノベル」を世に問います。

「ノン・ブック」は既成の価値に〝否定《ノン》〟を発し、人間の明日をささえる新しい喜びを模索するノンフィクションのシリーズです。

「ノン・ノベル」もまた、小説《フィクション》を通して、新しい価値を探っていきたい。小説の〝おもしろさ〟とは、世の動きにつれてつねに変化し、新しく発見されてゆくものだと思います。

わが「ノン・ノベル」は、この新しい〝おもしろさ〟発見の営みに全力を傾けます。

ぜひ、あなたのご感想、ご批判をお寄せください。

昭和四十八年一月十五日

NON・NOVEL編集部

NON・NOVEL —1032

超《スーパー》伝奇小説

マン・サーチャー・シリーズ⑭ **魔界都市《まかいとし》ブルース　霧幻《むげん》の章《しょう》**

平成29年2月20日　初版第1刷発行

著　者　菊《きく》地《ち》秀《ひで》行《ゆき》

発行者　辻　浩明

発行所　祥《しょう》伝《でん》社《しゃ》

〒101-8701

東京都千代田区神田神保町 3-3

☎03(3265)2081(販売部)

☎03(3265)2080(編集部)

☎03(3265)3622(業務部)

印　刷　萩原印刷

製　本　関川製本

ISBN978-4-396-21032-8　C0293　Printed in Japan

祥伝社のホームページ・http://www.shodensha.co.jp/